가족은
선물입니다

# 가족은 선물입니다

장길섭 지음

창해

**차례**

# 가족을 알아야 나를 살게 됩니다

아침이면 제가 하는 일이 하나 있습니다. 아침 산책을 마치고 컴퓨터 앞에 앉아서 저와 인연을 맺었던 1만 3천여 벗들에게 〈아침햇살〉이라는 이름으로 이메일을 보내는 일입니다. 〈아침햇살〉은 제가 주관하는 인간 의식변화 프로그램을 경험한 벗들에게 보내는 나의 아침 생각이고 편지이고 명상이고 기별입니다.

어느 날, 아침 명상 중에 불현듯 '가족'에 관한 글을 보내보자는 생각이 떠오르면서 가슴이 뛰었습니다. 그날부터 나는 가족에 관한 단상들을 〈아침햇살〉에 실어 하나하나 보냈습니다. 그런데 그것을 받아본 사람들이 정말 좋아하는 것입니다. 정신과 병원에서 간호사 일을 하는 한 벗은 그 글을 환자들 모임 시간에 읽어드렸는데 모두 울음바다가 되었다고 했습니다. 어떤 분은 좀 더 일찍 가족이 이런 것인 줄 알았다면 자기가 인생을 이렇게 살지 않았을 것이라고 하면서 수련 코스에 참석하기도 했습니다. 그러면서 나중에 꼭 책으로 출판해 달라고 했습니다. 그것을 가보(?)로 간직해서 장가가는 아들, 시집가는 딸에게 꼭 전해주겠다는 것입니다.

우리는 누구 하나 가족으로부터 자유로울 수 없습니다. 내가 사는 것이 아니라 내 안에 이미 있는 가족들이 상당히 살고 있는 것입니다. 21년 동안 1만 3천여 명이 넘는 사람들을 만났습니다. 유치원생부터 80대 노인까지, 글을 모르는 사람에서 해외박사까지, 평사원에서 사장까지, 동네 반장에서 장관까지, 팔팔한 청소년에서 죽음을 며칠 앞둔 사람까지 각계각층의 다양하고 놀랍고 깊은 사연들을 참 많이도 만났습니다.

삶과 이야기가 그렇게 많고 다양해도, 사람이 무엇이 되고 어떤 일을 한다 해도 일관되게 흐르는 중심축이 하나 있습니다. 수많은 삶을 관통하는 맥이 하나 있습니다. 그것이 바로 가족입니다. 내가 하는 생각, 행동들은 이미 가족과 연결되어 있습니다. 내가 사는 것이 아니라 가족이 살고 있다고 해도 지나치지 않습니다.

그래서 가족을 알아야 합니다. 가족을 제대로 알아야 나를 바로 알게 되고 그래야 진정한 나를 살게 되는 것입니다. 그렇다고 제가 가족을 다 알고 있다거나 또 제대로 알고 있다는 것은 추호도 아닙니다. 모르는 것이 아직 많고 또 잘못 알고 있는 것도 있습니다. 저도 더 알아가고 있는 중입니다. 더 배우고 있는 중입니다.

아침에 하나하나 보냈던 〈아침햇살〉 단상들이 이렇게 모아져 책으로 나오게 된 것은 우리 벗들이 함께한 감동의 덕분입니다. 그 감동이 이 책을 통해서 다시 한 번 일어나고 또 이웃들에게 전해져서 가족에 대한 새로운 자각들이 일어났으면 하는 마음입니다.

가족을 알아야 나를 알고 나를 알아야 나를 삽니다.
가족은 내 생애 최고의 선물입니다.

가족은
선물입니다

# 얼굴 반찬

공광규 | 시집 《말똥 한 덩이》 실천문학, 2008년

옛날 밥상머리에는

할아버지 할머니 얼굴이 있었고

어머니 아버지 얼굴과

형과 동생과 누나의 얼굴이 맛있게 놓여 있었습니다

가끔 이웃집 아저씨와 아주머니

먼 친척들이 와서

밥상머리에 간식처럼 앉아 있었습니다

어떤 때는 외지에 나가 사는

고모와 삼촌이 외식처럼 앉아 있기도 했습니다

이런 얼굴들이 풀잎 반찬과 잘 어울렸습니다


그러나 지금 내 새벽 밥상머리에는

고기반찬이 가득한 늦은 저녁 밥상머리에는

아들도 딸도 아내도 없습니다

모두 밥을 사료처럼 퍼 넣고

직장으로 학교로 동창회로 나간 것입니다

밥상머리에 얼굴 반찬이 없으니

인생에 재미라는 영양가가 없습니다

## 가족은 선물입니다 🐦

"가족이 이런 것인 줄 진작 알았더라면
나는 인생을 이렇게 살지 않았을 것이다."
나를 낳아주신 아버지 장영재 님과 어머니 김종례 님
나와 한 자궁에서 나오고 한 젖을 먹은
나의 동생들 길호, 길도, 길성, 은아.
그리고 홍역을 치르다 먼저 간 봉례.

나를 남편으로 받아준 나의 아내 송미화 님
나를 아버지로 만들어준 나의 아들 한소리, 딸 한빛.

그리고 할아버지와 할머니, 외할아버지와 외할머니
그리고 삼촌들과 고모, 외삼촌, 외숙모들
그리고 장인, 장모님, 처제, 처남들…….
우리는 누구나 가족에서 나왔고
가족으로 살다가
가족을 이루게 됩니다.

그것이 인생입니다.

나에게 그런 가족이 있음이 한없이 고맙습니다.


나는 가족에서 나와 가족으로 살다가

가족의 품으로 돌아갑니다.

이런 가족이 내게 있어 이 책도 나오게 되네요.

나의 가족 모두에게 이 책을 바칩니다.


가족은 생애 최고의 선물입니다.


나는 누구이고

어디서 와서 어디로 가는가.


부모 없이 내가 이 세상에 올 수 있는 길은 없습니다.

나의 부모가 그의 부모(나의 조부모) 없이

이 세상에 올 수 있는 길은 없습니다.

나의 조부모가 그의 부모(나의 증조부모) 없이

이 세상에 올 수 있는 길은 없습니다.

나의 증조부모가 그의 부모(나의 고조부모) 없이

이 세상에 올 수 있는 길은 없습니다.

.

．

나는 자녀에게로 갑니다.

나는 손자에게로 갑니다.

나는 증손자에게로 갑니다.

나는 고손자에게로 갑니다.

．

．

나는 생명입니다.

나는 영원한 생명입니다.

나는 가지도 오지도 않고 나는 '지금 여기 없이' 있습니다.

오고 가는 것은 그뿐입니다

# 가족은 참 닮았습니다

고등학교 동창들과 함께 마당에 서 있는데
일곱 살 난 아들 한소리가 "아빠!" 하고 부르면서 걸어옵니다.
그 걸어오는 모습을 본 한 친구가 말합니다.
야, 저기 봐라. 작은 길섭이가 걸어온다.

제가 중학생 때 일입니다. 아버님과 함께 외갓집에 갔습니다.
외갓집 동네 입구 둥구나무 아래에는 아버님 친구들이
모여 있었습니다. 그때 한 분이 저를 보고 농을 합니다.
니 형님이냐?
이어 다른 친구 분이 아버지를 보고 말합니다.
어이구, 반갑네. 동생하고 오네.
그때 외갓집 둥구나무 아래서 말씀하시던 분들의 목소리가
지금도 생생합니다.
어떻게 저렇게 걸음도 닮았는가.
그러니까 부모 자식이지.

가족은 닮았습니다.

코도 눈도 말하는 것도 닮았습니다.

걷는 것도 웃는 것도 화내는 것도 닮았습니다.

손도 발도 몸매도 등도 머리 빠지는 것도 닮았습니다.

심지어는 병도 닮아서 같은 병을 앓습니다.

그게 가족입니다.

먹는 것도 잠자는 것도 일하는 것도 닮았습니다.

생각하는 것도 사랑하는 것도 관계하는 것도 닮았습니다.

가족은 이미 이렇게 많이 많이 닮아 있습니다.


자식은 부모의 부활입니다.

돌아가셔서 볼 수 없는 부모님의 걸음을 아들이 보여줍니다.

자기가 자기 걸음을 볼 수 없는데 딸이 그 걸음을 보여줍니다.

자식은 부모의 거울입니다.

## 내 아들이 그동안 한 일 중에 이보다 잘한 일은 없어요

존경하는 한 선배가 있습니다.

첫 손자를 얻고서 하신 말이 기억이 납니다.

내게 손자를 낳아준 일, 나를 할아버지로 만든 일

내 아들이 그동안 한 일 중에 이보다 잘한 일은 없어요.


누구나 태어나면서 기적을 행합니다.

내가 태어나면서 한 남자를 아버지가 되게 합니다.

내가 태어나면서 한 여자를 어머니가 되게 합니다.

얼마나 놀라운 일을 하고 있는 것입니까.

정작 태어나는 자신은 모릅니다.

자신이 태어나는지, 자신이 누구인지,

지금 무엇을 하고 있는지…….

모르는 중에 자기가 하는 일

정말 엄청난 일을 하고 있는 것입니다.


내가 아이로 태어나는 건 그것에 그치는 일이 아닙니다.

그 누구를 할아버지가 되게 하고,

그 누구를 할머니가 되게 합니다.

그 누구를 고모가 되게 하고,

그 누구를 삼촌이 되게 합니다.

그 누구를 이모가 되게 하고,

그 누구를 외삼촌이 되게 합니다.

되고, 되고, 되고, 되어 보는 것이 인생이고 삶입니다.


이곳,

나 되어감의 세계


가족에 태어나는 한 아이가 가족의 모든 관계를 바꾸어놓습니다.

삶은 참 신비롭습니다.

## 가족은 아이가 자라는 토양입니다

가족은 토양이고 아이는 거기에 심기는 화초입니다.
토양의 질에 따라 화초의 크기와 향기가 달라지듯이
가족의 수준에 따라 아이의 크기가 달라집니다.
건강한 토양에서 자란 화초는 병충해가 와도 이겨내듯이
건강한 가족에서 자란 아이들은 시련이 와도 이겨냅니다.

수국의 꽃 색깔이 땅의 산도에 따라 달라지듯이
가족의 산도에 따라 아이들의 색깔이 달라집니다.

꽃이 자라서 피고 지어 다시 토양이 되듯이
아이는 자라 어른이 되고
결국은 다시 자기가 자란 그 토양이 됩니다.
그 토양이 그 화초가 되고 그 화초가 그 토양이 되듯이
그 가족이 바로 그 아이이고 그 아이가 바로 그 가족이 됩니다.

아이와 가족, 가족과 아이는 하나입니다.

## 나는?

나 = 부모(가족) + 환경 + 염색체

## 탄생과 죽음을 맞이하는 곳, 가족입니다

가족이면 겪는 일이 탄생과 죽음입니다.
태어나고 죽고, 죽고 태어나고…… 삶입니다.

결혼을 앞둔 한 여자가 있습니다.
아버지가 너무 일찍 돌아가신 것이 여자의 한입니다.
중학교 시절에 아버지가 갑자기 돌아가신 후 가세가 기울어
사는 것이 고달프기만 했습니다.
기가 꺾이고, 남의 눈치를 보게 되고…….
그렇게 사는 것이 싫었습니다.
이 모든 것이 아버지가 일찍 돌아가셨기 때문이라고
한 번도 의심하지 않고 20년 넘게 사실로 믿어왔습니다.
아버지가 그렇게 일찍 돌아가시지 않았다면
자기 운명은 달랐으리라는 생각입니다.

저도 그랬습니다. 아버님이 더 살아계셔서
이 큰아들 사는 것 보고 가셨어야 했는데…….

쉰 넷에 세상을 떠나신 것이 정말 억울했습니다.

그것도 유언 하나 확실히 남기지 못하고 떠나신 것이

너무 불쌍했습니다.

그렇다면 얼마나 더 살고 어떤 모습으로

무슨 유언을 남기고 죽어야 만족스러울까요?

가장 알맞은 때에, 알맞은 모습으로 떠나는 것이 아닐까 합니다.

어떤 이는 생명을 연장하려고

갖은 보양식에 갖은 명약에 갖은 처방을 다합니다.

늙는 모습이 싫다고 이리저리 감추려 하고

피부 노화를 막는다며 보톡스에 수술까지 합니다.

뭐, 형편대로 원하는 대로 할 수 있지만

이런 노력들이 저에게는 추하게 보일 뿐입니다.


인간은 육체만이 아닙니다. 인간은 생물학적 생명만이 아닙니다.

인간은 영혼이 있습니다.

영혼은 사람의 늙음과 죽음에 깊이 관여합니다.

이 지구를 방문한 영혼은 때가 되면 돌아갑니다.

나의 때가 다 지나가고 있을 때에, 나의 일을 마쳐야 할 때에

다른 사람들을 위해 내 자리를 내어 주어야 할 때에

죽음은 찾아옵니다.

순종과 존엄으로 늙음을 받아들여

순순히 큰 영혼에 육체를 맡겨 돌아가는 모습,

사람으로서 아름다움 중의 아름다움이고

부모로서 자식들에게 줄 수 있는 삶의 유산 중의

유산이 아닐까 합니다.

모든 것을 제자리로 돌아가게 하는 죽음.

죽음은 아주 힘이 있습니다.

그런 힘이 있는 죽음 앞에서, 일찍 죽었다 오래 살았다 하고

판단하는 것은 인간의 무지와 교만의 소치입니다.

영원 앞에서는 한 살에 죽으나 백 살에 죽으나

아무런 차이가 없습니다.

임종 의식을 잘 치르고 가거나 교통사고나 타살로 죽게 되어

이별 의식을 치르지 못하고 갑자기 세상을 뜨거나

영원 앞에서는 아무런 차이가 없다는 말입니다.

죽음은 다 영, 제로로 돌아가게 합니다.


죽음은 줌 <sup>give</sup>입니다.

줌은 다 이깁니다.

죽음은 원래의 자리로 돌아가는 길입니다.

그러니 죽음은 삶의 한 모습입니다.

우리는 죽는 것이 아닙니다. 죽는 것은 이 세상에 하나도 없습니다.

죽음은 경험하는 것입니다. 죽음을 사는 것입니다.

죽어 없어지는 것이 아닙니다.
죽어 없음으로 변화하는 것입니다.

가족.
탄생을 맞이하고 죽음을 맞이하는
삶의 시작과 마침이 있는 곳입니다.

# 누구 하나 제외시켜서는 안 됩니다

한 40대 후반 중년 여성이 고백을 합니다.

돌아가신 할머니가 자기 하는 일을 방해한다는 것입니다.

그것도 결정적인 순간에 나타나 자기가 가려는 길을

막아선다는 것입니다.

그래, 어떻게 그걸 아십니까?  하니

어렸을 때에 어머니가 용한 점쟁이한테 점을 보고서

그 내용을 써놓은 글을 보았다고 합니다.

그때부터 이 여성은 안 되는 일은 다 할머니의 방해 때문이라는

철저한 믿음을 갖게 되었습니다.

자기 최면에 걸린 것이지요.


그런 것은 다 미신이라고 이야기해도

이런 분들에게는 별로 효과가 없습니다.

그래서 가족의 원리를 보여주면 치유 효과가 아주 크게 나타납니다.

또 이것은 가족의 실제 질서이기도 합니다.

가족의 제1 원칙은

누구도 가족에서 제외시켜서는 안 된다는 것입니다.

아니 제외시킬 권한이 그 누구에게도 없습니다.

설사 가족 중에 살인자가 있다 할지라도 말입니다.

공산주의자였어도, 친일파로 친일 명부에 올랐다 해도,

정신병자이고 정박아이고 첩의 소생이라 해도,

누구도 제외시켜서는 안 된다는 것입니다.

가족은 그 어떤 사상, 국가, 종교, 이념, 행위, 신분……

그 무엇도 어떻게 할 수 없습니다.

가족이 먼저 있고 나서 그런 것들이 있는 것입니다.


제외시키지 않는다는 것은 그러면 무엇입니까?

제외시키지 않는다는 것은 기억하고 기념한다는 뜻입니다.

기억하고 기념한다는 말은 무엇이겠습니까?

바로 제사의식을 치르거나 추모제를 드리는 것입니다.

조상으로 인정하는 것입니다.


　　　당신이 계셔서 제가 이렇게 있습니다.

　　　당신이 저를 낳으신 것입니다.

　　　당신은 저보다 크고 먼저이십니다.


가족의 질서를 사실 그대로 인정하는 것입니다.

40대 후반 중년 여성 앞에 방해한다는 할머니의 대역을 세웠습니다.
치유 작업을 하고 의식을 치렀습니다.
이제는 할머니가 절대 방해하지 않고 도와줄 것이라는
깨달음을 얻고 얼굴이 환해지는 것을 볼 수 있었습니다.

조상님들이 계셔서 제가 있습니다.
저를 축복해 주세요.
당신의 삶을 존중합니다.

이런 고백들이 힘을 얻게 합니다.

## 가족의 화평은 순서를 지키는 데서 출발합니다

한 50대 초반 주부입니다.
자기에게 소원이 있는데, 동생한테 언니 소리 한 번
들어보는 것이랍니다.
동생이 한 번도 언니라고 한 적이 없다는 것입니다.
학교 다닐 때는 창피했고, 지금은 화가 나고 서글프기까지
하다는 것입니다.
그래서 혹시 동생이 자식 일로 속 썩지 않느냐고 물었습니다.
선생님이 그것을 어떻게 아셔요? 조카딸이 중학교 때부터
집을 나가요. 제 어미를 얼마나 속 썩이는지 몰라요.

이것이 우주가 하는 일이고 신이 하는 일입니다.
우주는 1쿼크도 낭비하지 않는다고 합니다.
우주는 딸을 통해서 그 동생을 가르치고 있는 것입니다.
이것이 우주가 하는 사랑입니다.
질서를 깨뜨린 엄마를 딸을 통해 어떻게든 질서를 잡으려는 것이

바로 우주가 하는 일입니다.

우리는 이것을 신의 사랑이라 이름합니다.


중요한 가족 원리 가운데 하나는

태어난 순서가 중요하다는 것입니다.

어느 공동체고 함께 사는 데는 뭐니 뭐니 해도 질서가 제대로 서야

그 공동체가 세워지고 오래갈 수 있습니다.

가족은 공동체입니다.

힘이 센 순서로 가족 질서가 세워졌다고 해보십시오.

그러면 가족은 어떻게 되겠는지요. 상상만 해도 끔찍하지 않습니까?


가족의 질서는 능력이나, 힘이나, 학벌이나, 사회적 지위의 순서가

정말 아닙니다. 태어난 순서입니다.


혹 형이 정박아이고 지체가 부자유한 장애인이라 해도

형은 형으로 대해 주어야 합니다.

아무리 부모가 못났어도 부모는 부모인 것입니다.

동생도 그렇습니다. 혹시 형이 자기보다 여러 능력에서 모자라도

형을 형이라 부를 때에 동생은 힘이 생깁니다.

형이라고, 언니라고 부르고 싶은 것이 본래입니다.

그래야 가족의 질서가 잡히고, 그 질서가 잡힌 만큼 범사가 잘되고

온 가족이 건강한 삶을 누리게 되는 것입니다.
이것이 영혼의 질서이고 창조의 질서입니다.


옛날부터 그래 왔습니다. 형제가 싸우면 사안의 옳고 그름을 떠나
어른들은 동생을 더 꾸짖었습니다. 형한테 대든다고요.
그래도 그렇지 형인데, 형한테 대들어, 형한테 대들면 죽는 줄 알아,
하시던 어른들의 목소리가 쟁쟁하게 울려옵니다.
그래 놓고서는 형을 동생이 없는 곳으로 데리고 가서 말합니다.
형(언니)이 되어가지고 왜 동생하고 싸우니?
형(언니)인 네가 양보해야지. 형(언니)이 되어가지고서, 어이구.


조상들은 알았던 것입니다.
수백 수천 년을 살아오면서 깨달았던 것입니다.
어떻게 해야 가족이 더불어 함께 행복하게 살 수 있는지를
알았던 것입니다.


가족은 누구 하나도 제외시켜서는 안 된다는 것
가족의 질서는 태어난 순서대로라는 것


조상들이 남긴 위대한 가족의 원리입니다.

# 조건적 사랑, 무조건적 사랑

가족은 무조건적인 사랑을 배우는 곳입니다.

그냥 가족이니까 다 받아들여지지요.

가족은 그런 삶을 배우는 유일한 관계라고나 할까요.

그런데 그렇지 않은 가족이 있습니다.

조건에 들지 않으면 사랑과 관심과 배려를 거두어들인다는

위협이나 협박을 받고 자라나는 아이들이 있습니다.

이 아이들에게 자기가 원하는 것, 느끼는 것은 뒷전이 됩니다.

엄마 아빠가 원하는 것이 무엇인지, 어른들 감정에 더 신경 쓰고

그에 맞추어 하루하루 살얼음판을 걷듯이 살아갑니다.

불안과 두려움에 싸여 살아갑니다.


이런 아이들은 성숙한 인간으로 자라가기가 어렵습니다.

겉으로는 착한 아이처럼 보입니다.

아주 순종적이고 부모님을 공경하는 것 같습니다.

하지만 속에는 분노가 있고 복수심이 있습니다.

어떤 아이는 분노마저 다 빼앗겨 아주 무기력하게 자라납니다.

그래서 결국은 자기가 무엇을 하고 싶은지를 모르게 되고
이웃의 눈치를 보는 사람으로 자라납니다.
그때 쌓이는 불만과 수치심을 감추고 분노를 해소하기 위해서
술이나 마약, 게임, 오락, 도박, 일, 성에 심취하게 됩니다.
아이는 크면서 서서히 중독에 빠지게 됩니다.
그런 조건적인 부모도 아마 자신의 부모나 주위에서 보고 배워서
그렇게 되었을 것입니다. 조건을 다는 것은 다 자녀들을 위한 것이고
잘 키우기 위한 것이라고 생각합니다.
조건적인 가정에서 부모는 자연히 강압적이게 됩니다.
강압적인 부모에게서 자란 아이들은 진정으로 마음을 열고
신뢰와 사랑을 배우지 못합니다. 의심과 두려움,
걱정 속에서 자라기 때문에 자연히 커서도
직장에서든 어디에서든 의심과 눈치 보기, 두려움과 불안,
걱정이 삶의 태도가 됩니다.
또 자식을 그렇게 키우게 됩니다.

그러니 내가 깨어나야 하지 않겠습니까?
내가 깨어나면 부정적인 사슬들을 끊어버릴 수 있지만,
그렇지 못하면 부모에게서 받은 부정적인 기운들에
나의 부정적인 기운을 더 보태어서 자녀들에게
상속을 해주게 됩니다.

가족에서 나 하나가 깨어나는 것이 얼마나 큰 기적인지요.
나 하나가 순수의식에 도달하면 아주 자연스럽게 저절로
나와 내 가족이 빛과 생명을 얻게 됩니다.
나 하나가 빛으로 깨어나는 것은
바로 가족 전체가 빛으로 가는 길을 여는
어마어마한 혁명의 시작인 것입니다.

## 가족은 언제나 현재입니다

가족은 감추고 숨기는 만큼 병들게 됩니다.
비밀이 많은 가족일수록 아이들이 어둡고,
커서도 밝고 환하게 살지 못합니다.
그러니 드러나는 만큼 그 가족은 건강한 것입니다.

가족은 언제나 현재입니다.
특히 어머니, 아버지는 영원한 현재입니다.
부모님은 살아계시나 돌아가셨거나 상관없이
우리 모두에게 현재입니다.
우리는 그분 안에서 나왔고 그분들의 손에서 자랐습니다.
그래서 내가 죽을 때까지 어떤 모습으로든
부모님은 우리 안에 살아 계십니다.
또 내가 자식을 낳아 기르는 중에도 우리 부모님은 현재입니다.
거의 우리 부모가 나에게 했던 방식대로
내 자식을 키우기 때문입니다.
내 자식의 얼굴, 걸음, 웃음, 식성, 태도에서

나와 우리 부모님은 서로 닮아 하나인 현재입니다.
가족은 참 신비합니다.

21세기의 가장 큰 이슈를 골랐답니다.
그랬더니 다섯 단어로 집약이 되더라는 것입니다.
영성, 환경, 가족, 문화, 여성.

가족은 모든 삶의 기본입니다.

회사 생활도 가족 생활입니다.
가족에서 배운 관계를 그대로 회사에 가서도 재현합니다.
관계하는 것을 가족에서 배웠으니 어디 간들
그렇게 하지 않겠습니까.
그러니 내가 회사에 출근할 때 나 혼자 가는 것이 아닙니다.
부모님과 함께 가는 것입니다.
결혼해서 침대에 둘이 누워 있는 것이 아니고
양쪽 부모님도 함께 누워 있는 것과 마찬가지이듯이 말입니다.

부모는 이렇게 저렇게 알아차리든 알아차리지 못하든
우리에게 영원한 현재입니다.

## 중독은 현대의 우상숭배입니다

아이가 무슨 감정이 있어?

나이 드신 부모님(조부모님)이 무슨 감정이 있겠어?

우리는 때때로 이렇게 무시하는 경우가 많습니다.

특히 아이들이 무슨 분노가 있어, 나이든 사람들이 무슨

성적 욕구가 있어, 하며 대수롭지 않게 여기는 경우가 많습니다.

이는 사람을 모르고 하는 소리입니다.


사람이 자신의 감정과의 접촉을 잃어버리면

자신의 신체와의 접촉도 잃어버리게 됩니다.

자기감정을 자기가 만나주지 못하면 누가 만나주고

자신의 신체를 자기가 만나주지 못하면 누가 만나주겠습니까?

그러면서 어떻게 산다고 하며

산다고 해도 그런 상태에서는 무엇을 살겠습니까?

사람이 생각, 느낌, 욕구, 신체를 통제 당하게 되면

결국은 자기 자신을 잃어버리게 됩니다.

이런 사람들은 낮은 자존감 때문에 자기가 무엇을 좋아하고,

다른 사람이 무엇을 싫어하는지, 자기가 무엇을 하고 싶은지,
자기가 누구인지를 모른 채 살게 됩니다.
이때 나타나는 것이 까닭 없이 일어나는 화로,
분노의 주요 원인이 됩니다.
이 분노가 바깥으로 나타나면 폭력이 되고
안으로 숨으면 수치심이 됩니다.
선악과를 따 먹고서 처음 인간 아담과 하와가 느낀 것이
바로 이 분노와 수치심입니다.

두려움에 내몰리고 수치심에 빠지게 되면
사람은 자기 방어를 하게 됩니다. 그때 하는 것이 거짓말입니다.
참말을 하는 것이 아니라 거짓말을 합니다.
그 거짓말이 자기를 어떻게 만들게 될 줄을 모르면서요.
참 자아가 형성되는 것이 아니라 거짓 자아가 형성되고
그때부터 아이는 참 자아가 자기인 줄을 모르고,
거짓 자아가 자기인 줄로 알고 삽니다.
부끄럽지 않은 척, 두려움이 없는 척,
척하고 살지만 참 자아는 압니다.
거짓이 아닌 진짜로 살아야 한다는 것을
거짓말이 아닌 참말을 해야 한다는 것을.
척하기와 거짓말로 살게 되면 몸이 견디지 못합니다.

그때 찾아오는 것이 공허, 무의미, 우울, 지루함입니다.

이런 것에서 벗어나고자 찾는 것이 있습니다.

그렇게 찾다가 만나는 것이

술이나 게임, 도박, 포르노, 섹스, 쇼핑, 종교 등등입니다.

그때 그런 것들의 짜릿함에 확 빠지게 됩니다.

그러다가 어느새 그것 없이는 살지 못하게 됩니다.

바로 중독입니다.


현대의 가장 큰 우상은 중독입니다.

중독은 바로 어렸을 때에 받았어야 할 사랑,

수치심을 안아주는 보호, 두려움을 내쫓아주는 경험,

그 사랑의 결핍에서 온 것입니다.


중독은 자기 하나만 망치는 것이 아닙니다.

중독 환자 하나가 가정에 있으면 그 피해는 가족 전체로, 사회로,

아니 다음 대까지 대물림을 하게 됩니다.


우상 숭배를 하지 마라.

그 옛날의 계명이 오늘은 이렇게 말합니다.

중독에 빠지지 마라.

무슨 중독에 걸려 있는지 언제나 잘 살피고 살아라.

## 서로 동등하다는 생각이 나와 그를 연결합니다

오랫동안 만나온 친구가 달라진 것을 보고
저를 찾아온 분이 있었습니다.
친구는 늘 투덜거리고 말도 함부로 하고 골초였는데
이제는 담배도 끊고 예전의 그가 아니라는 것입니다.

말이 공손해졌습니다.
눈빛을 보고 대화를 합니다.
남의 이야기에 공감도 잘하고 끝까지 잘 들어줍니다.
뭐, 딱 잘라서 말할 수는 없지만 분위기가 느껴지는 것입니다.
더욱 놀란 것은 책을 읽고 시집을 들고 다닙니다.
나 요즘 새 인생 살아. 다시 태어난 기분으로 매일 산다.

그동안 무슨 일이 있었는지 물으니 고백하더랍니다.
자신이 그동안 얼마나 거짓과 위선으로 살았고
거드름 피우며 살았는지를 알게 되었다고.

이 분은 친구의 고백을 듣고 정년도 다 되고 했으니
다시 새로운 인생도 준비할 겸해서 저를 찾아온 것입니다.
지고는 못 배기는 성격이라서 영업직으로 시작한 회사 생활에서
최고 경영자 자리까지 올라갔다고 했습니다.
그런데 지금에 와서 보니 친구도 없고,
진정으로 따라주는 후배도 없고,
자식들도 커서 취직을 하더니 아빠를 멀리하고,
아내조차도 남편보다 교회를 우선으로 살고 있더라는 것입니다.
자기가 왜 이렇게 되었는지 모르겠다고 합니다.
허전하고 쓸쓸하고 외롭다고 합니다.
내가 잘못 살아온 것입니까? 하고 묻습니다.


이분은 다른 사람들과 동등하다는 것을 느껴보지 못하고 자랐습니다.
어려서부터 늘 어머니에게서 너는 일등을 해야 한다,
너는 다른 사람과는 달라야 한다는 말을 들으며 자랐습니다.
그래서 학교에서나 회사에서나 언제나 친구들이나 주위 사람들을
경쟁 상대로 보고 살았던 것입니다.
친구들을 얕잡아보는 것이 습관이 되었습니다.
그래서 겉으로는 꿈을 이루고 성공을 했는데,
친구가 없고 동지가 없고 가족이 없습니다.

가족 안에서 우리는 이 세상은 위와 아래가 있다는 것을 배웁니다.
위계질서를 지키며 사는 법을 배웁니다.
그러면서 한편으로는 서로 동등하게 대하며 사는 법을 익힙니다.

다른 사람과 동등하게 느끼고 관계하는 자만이 위대해집니다.
내가 남과 동등하구나 하는 생각이 나와 그를 연결합니다.
반대로 내가 그 사람과 다르다는 생각은
바로 나와 그가 관계하는 것을 끊어놓고 맙니다.
내가 너와 다르다고 하니 그도 나와 다르다고 하지 않겠습니까?
그러니 자연히 관계가 끝나고 맙니다.

내가 다른 사람 위에 군림하려는 한
그 사람과 연결이 되지 않습니다.
군림하는 부모에게서 자란 아이들은 그래서
관계하는 것이 어렵습니다.
이웃을 동등하게 대하는 것이 어렵습니다.
누구를 동등하게 대하려 하면 자존심이 상합니다.
상처를 입습니다.
그러니 대화를 하지 않으려 미리 막습니다.
특히 아버지들이 홀로 권위를 지키려
가족의 대화나 장난, 놀이, 유머에 끼지 않습니다.

가족이 함께 웃고 놀고 장난하면
자기 권위가 다 무너지는 줄로 알기 때문입니다.
그래서 식구들이 아버지의 권위를, 군림을 지켜주려 하다 보니
자연히 점점 멀어지는 것입니다.

위대함은 군림에 있지 않습니다.
위대함은 동등함에 있습니다.

자식들을 얕보거나 함부로 대하면 안 됩니다.
내가 자식들을 그렇게 대하면 자식들이 배워서 세상에 나가
사람을 그렇게 대하고, 나중에는 자기 자식들도 그렇게 대합니다.
군림하는 자세는 나를 분리시킵니다.
동등하게 대하는 자세는 서로를 하나 되게 합니다.

진정한 위대함은 이렇게 온 우주의 동등함을 느끼며
온 세상이 하나임을 알아차리며 사는 것입니다.

# 건강한 가족은 서로 조종하지 않습니다

일흔이 넘은 한 어머니가 딸에게 화가 나 있습니다.
딸이 변했다는 것입니다.
어렸을 때부터 자기 말을 아주 잘 들었는데
시집을 가더니 어느 날부터 변했다는 것입니다.
무엇이 변했냐고 물었습니다.
그렇게 입지 말라는 미니스커트를 입어요.
그것도 마흔이 넘은 주부가.
가끔 술을 먹고 취해서 들어오지를 않나, 대들지를 않나.
여하튼 보기 싫은 꼴을 계속한다니까요.
갈수록 꼭 죽은 제 애비를 닮아가요. 그러니 내 요즘 미친답니다.

가족 안에서 사랑과 성장을 방해하는 것 중의 하나가
누가 누구를 지배하거나 조종하려 하는 것입니다.

아버지들은 주로 강압적인 힘과 행패로 식구들을 지배하고
어머니들은 헌신과 희생으로 자식들을 조종하고 지배하려 합니다.

내가 이렇게 너를 위해 희생하고 있으니 너는 내 말을 들어야 한다.

내 말을 듣지 않고 아빠 말을 듣거나 네 마음대로 하는 것은

나쁜 짓이고, 그래서는 절대 안 되고,

그렇게 하는 것은 나를 배신하는 것이다,

그런 생각을 어렸을 때부터 심어주는 것입니다.

가족이 병드는 순간입니다.

이런 부모들은 꼭 실패합니다.


어느 날 아들딸이 커서 자기들 하고 싶은 대로 합니다.

내가 어떻게 키웠는데, 내 말을 듣지 않습니다.

나 없이도 자식들은 아주 재미있게 삽니다.

나는 자식들을 잊은 적이 없는데,

자식들은 내 생각을 하기는 하나 싶습니다.

내가 저희들을 위해 어떻게 희생하고 살았는데…….

생각할수록 화가 나고 슬프고 억울하고 속이 상합니다.

머리가 아프고 가슴이 아리고 위장병이 생깁니다.

자녀들이 커서 자기 식대로 조종이 안 되는 것입니다.

투자를 했는데 대가가 돌아오지 않는 것입니다.

괜히 희생했다는 피해의식이 쌓입니다.


부모는 끝까지 주어야 합니다. 그것이 질서입니다.

혹 자녀들에게 무엇을 바라고 있다면
돌아오는 대가는 실망, 비참, 분노, 서운함입니다.
끝까지 주고, 주고, 또 주는 것이
부모가 자녀들에게 해야 할 일입니다.
자녀들에게 대가를 바라고 지금 희생하고 있다면
당장 거두어들이세요.
그냥 내가 좋아서 자식들에게 주고 또 주는 것입니다.
그런 사랑을 할 수 있고, 그런 내 사랑을 받아줄 수 있는
자녀가 있다면 그냥 고마울 뿐입니다.

가족 사이에서 강압이나 그 어떤 희생으로
누구를 조종하려는 행동은 끝내야 합니다.
그 무엇을 바라면서 하고 있다면 멈추어야 합니다.
이것을 끝내지 못하고 멈추지 못한다면,
그런 가정에서 자란 자녀들은 후에 사회생활에서나
직장 생활에서, 새롭게 꾸민 가정에서도 그렇게 배운 대로
남들을 조종하려 들 것입니다.
여전히 사랑이라는 이름으로요.

이런 사람들은 늘 이분법적으로 사고하고 행동합니다.
자기 식대로 조종이 잘되는 사람은 좋은 사람이 되고,

조종이 잘되지 않는 사람은 나쁜 사람이 됩니다.

이런 사람들은 좋은 사람과 나쁜 사람의 구별이 분명합니다.

내적 불안과 분노, 싸움이 늘 있습니다.

그래서 말이 아주 거칠고 언제 터질지 모르는 시한폭탄이 됩니다.


건강한 가족은 서로 조종하려 드는 것이 아니라

서로 자기실현을 할 수 있도록 통로자가 되어줍니다.

## 가족은 공동 운명체입니다

아내가 재첩국을 만들어 먹으면서, 묵을 먹으면서,
무생채를 먹으면서 말합니다.
돌아가신 친정아버님이 좋아하셨다고요.
저도 미역국을 먹으면 아버님이 떠오릅니다.
구운 꽁치를 먹으면 외할아버지가 떠오르고,
상추 겉절이에 밥을 비비면 어머님이 떠오릅니다.
김이나 누룽지를 보면 떨어지기 전에 하나라도 더 먹으려고
눈치 보던 동생들이 떠오릅니다.

요즘 저는 민예품, 골동품에 푹 빠져 있습니다.
초롱불을 보면서 마중 나오시던 외할머니를 떠올리고,
이발 기계를 보면서 동네 사람들 머리 깎아주시던
수염 기르신 할아버지를 만납니다.
앉은뱅이책상을 보면서 어머니를 만납니다.
중학교 들어갈 때 목공소에 가서 처음 책상을 사주시던
젊으신 어머니를.

먹는 음식에서, 사용하는 물건 속에서 가족은 이렇게 이미
한 운명입니다. 떼려야 뗄 수가 없습니다.
이런저런 모습이 녹아 있습니다. 이것이 거의 평생을 갑니다.


잘나가던 아버지의 사업이 하루아침에 망하게 됩니다.
온 식구가 지하방으로 이사를 합니다.
어머님이 일을 나가시더니 어느 날부터 들어오시지 않습니다.
중학교 1학년생 딸이 밥을 짓고, 동생들 옷을 빨고, 시장을 보고,
주부가 됩니다.
가족 중의 하나가 어떻게 되느냐가 바로 나의 삶이 됩니다.
가족은 이렇게 이미 하나의 운명입니다.


서울에서 잘사는 줄로만 알았던 아들이 이혼을 합니다.
알코올중독자와는 못 살겠다고 며느리가 자식들을 떠맡기고
절을 하고 용서해 달라며 떠나갑니다.
일흔이 넘으신 할아버지, 할머니가 하루아침에
여섯 살, 여덟 살 손자 둘을 키우는 학부모가 됩니다.
가족은 이렇게 이미 한 운명입니다.


한 아이가 태어나서 아빠가 되고 엄마가 됩니다.
삼촌이 되고 고모가 되고 이모가 됩니다.

할아버지가 되고 할머니가 됩니다.

형이 되고 누나가 되고 언니가 됩니다.

가족은 이렇게 이미 한 운명입니다.

가족은 이렇게 여러 면에서 아주 밀접하게

서로서로 연결되어 있습니다.

가족은 서로 도움을 주고받으며, 아픔도 기쁨도 행복도 불행도

서로 주고받으며 살 수밖에 없는 공동 운명체입니다.


부모가 낳아주고 부모의 도움으로 자랍니다.

부모가 늙으시면 부모를 봉양하고,

마침내는 자식이 부모를 거두게 됩니다.

가족은 이렇게 이미 한 공동 운명체입니다.


이렇게 공동 운명을 지고 가는 것이 가족입니다.

작게는 한 가족입니다. 조금 크게는 회사도 가족입니다.

더 크게는 사회도, 나라도 가족입니다.

더 크게는 지구 가족, 우주 가족입니다.

나무도 내 가족이고, 바람도 내 가족이고, 해도 내 가족이고,

달도 별도 내 가족입니다.

바다도 내 가족이고, 땅도 내 가족이고, 풀도 내 가족이고,

물고기도 동물도 내 가족입니다.

우리는 이미 이렇게 한 가족입니다.

가족은 공동 운명체입니다.

## 형제는 남의 시작입니다

형제들은 부모님의 사랑을 더 받기 위해서
이런 모양 저런 모양으로 서로 다툽니다.
아주 헌신적인 자세로 사랑과 관심을 끌려는 자식이 있는가 하면,
대들거나 사고치는 것으로, 아니면 아주 약한 모습으로나
아예 병으로 부모님의 사랑과 관심, 지지를 끌려는 자식도 있습니다.

70대 중반의 여성입니다.
일흔이 넘었는데도 형제들과 늘 다툽니다.
형제들이 혹시라도 돌아가신 부모님을 헐뜯거나 비난하는
말을 하면 가만두지를 않습니다.
이 여성은 다른 형제들보다 부모님으로부터 사랑과 관심을
더 많이 받았다고 믿고 살아왔습니다.
자기는 부모님께 다른 형제들과는 다르고 특별해야 했습니다.
그런데 형제들과 이야기를 해보면
부모님께 자기만 특별한 것이 아니었습니다.
부모님은 자기에게 한 것처럼 다른 형제들에게도 한 것입니다.

나에게만 돈을 몰래 준 줄 알았는데 다른 형제들에게도 주었습니다.
자기에게만 맛있는 것 감추어두었다가 준 줄 알았는데
다른 형제들에게도 주었습니다.
자기만 특별하다고 한 줄 알았는데 다른 형제들에게도
다 특별하다고 했던 것입니다.
그래도 이 여성은 부모님으로부터
자기가 가장 많은 사랑과 지지를 받았다고 믿고 삽니다.
그래서 형제들은 그녀를 무서워합니다.
무슨 말 하나라도 잘못했다 하면 요절이 납니다.
그녀가 나타나기라도 하면 자리를 피합니다.
그럴수록 그녀는 외롭고 불안하고, 또 쉽게 마구 화를 내니
이웃들과 형제들이 싫어하고…… 악순환입니다.
이 삶의 패턴은 사회생활에도 그대로 적용이 되어
자기편이라고 생각하는 사람이나 정당, 심지어는 연속극의 주인공을
좋지 않게 말하거나 비난이라도 하면 금방 싸움이 벌어집니다.
자기를 비난하고 무시한다고 생각하기 때문입니다.


형제는 남의 시작입니다.
형제가 있어 내게 올 부모님의 사랑이 반으로 줄었습니다.
동생이 태어나지 않았더라면, 형이나 언니가 없었더라면
부모님의 사랑은 다 내 차지인데…….

그래서 성경에 나오는 최초의 살인 사건도

형인 가인이 동생인 아벨을 죽이는 이야기입니다.

# 온 식구가 함께 책을 읽고 나누는 가족

한 남자분이 분노에 차서 이야기를 쏟아놓습니다.

어떻게 이런 일이 있을 수 있습니까?

목사님 사택을 다녀왔는데 기독교 책만 있지

다른 책들, 그러니까 시집이나 에세이, 문화에 관한 책이

하나도 없더라는 것입니다.

그러자 선생님 한 분이 거듭니다.

자기 동료 교사가 있는데, 20년 동안 자기 과목 외의 책을 읽거나

서점 가는 것을 본 적이 없다는 것입니다.

그러자 또 다른 사람이 거듭니다.

친구 집들이에 갔는데, 이리저리 둘러보아도 책 한 권이 없더랍니다.

장식장은 술로 채워져 있고 거실 한 편에는 골프채만 있을 뿐,

책이 꽂혀 있는 책장은 그 어디에도 없더라는 것입니다.

그런데 학교 선생님이랍니다.

이런 집에서 자란 아이들이 어떻겠습니까?

책이 낯설고 책을 읽는 자아상이 생기지 않으니

자연히 책을 읽지 않습니다. 커서는 더욱 그렇지요.

그러니 백 살을 산다 해도 아주 어렸을 때에 배운 그 지식,
아마도 쓰레기로 변했을지도 모르는 그 지식을 가지고
평생을 살게 됩니다.
자기가 알고 있는 것이 이미 쓰레기인지도 모른 채 말입니다.

지금 우리가 사는 세상은 지식 사회입니다.
지식은 거의가 책을 통해서 전달됩니다.
그러니 지식 사회에서 책을 읽지 않는다는 것은
농경 사회에서 논과 밭을 일구지 않고 사는 것과 같고,
산업 사회에서 기술을 익히지 않고 사는 것과 같습니다.
좀 심하게 말하면 자기 인생을 포기한 것이나 다름이 없습니다.
자기 인생만이 아니지요.
그렇게 살면 자기 가족의 운명이 뻔하다는 것입니다.

유대인 엄마들은 아이들이 학교에서 돌아올 때쯤이면
아주 곱게 화장을 하고 책을 읽는다고 합니다.
어렸을 때부터 엄마가 집에서 뭘 하는지를 보여주는 것이지요.
엄마는 집에서 책을 읽으시는구나, 하고 각인시켜 주는 것입니다.
이렇게 해서 유대인 가운데 지식인이 많은 것입니다.
일본은 어떻습니까?
세계에서 책을 가장 많이 읽는 나라 중의 하나로 꼽히고 있습니다.

전 세계에서 나온 좋은 책들은 거의가 일어로 번역된다고 합니다.
그렇게 번역을 해놓으면 일본 사람 누군가가 그 책을 읽게 되니
그만큼 일본에 새로운 지식이 축적되는 것이지요.
우리 조상들은 어떠했습니까? 병인양요 때 강화도에 온
프랑스 장교 주베에게 비친 조선의 모습입니다.
"조선 사람들은 아주아주 가난한 집에도 책이 있고,
학문에 대한 애착이 아주 강하다. 이는 선진국이라고 자부하는
우리의 자존심마저 겸연쩍게 만든다."
1873년 프랑스 잡지 「투르 뒤 몽드 Tour du Monde」에 실린 기사입니다.
기자는 두 가지 점에 놀랐는데, 하나는 서민들이 책을 읽는 모습이고,
하나는 강화도 대포가 녹이 슬어 있고 군인들이 진지를
지키지 않더라는 것입니다.


지식 사회에서의 가족상은 어때야 할까, 생각해 봅니다.
가족이 함께 책을 읽는 것입니다.
함께 같은 책을 읽으며 그것을 서로 나눈다면
정말 아름다운 가족이 되지 않겠습니까?
그렇게 살다 보면 자연히 후손에게 무지와 가난,
거기에서 오는 불행을 물려주지 않고
지식의 힘과 풍요롭게 사는 삶의 요령을,
평화롭게 사는 삶의 기술을 전해주게 되고,

이것이야말로 가족 최고의 유산이 되지 않을는지요.

저의 마음에 아주 아름다운 사진이 하나 있습니다.
한 할아버지가 자기 집 정원에서 손자를 앞에 불러놓고
환하게 웃으시면서 책을 읽어주는 모습입니다.
그 사진을 보는 순간 나도 꼭 그러고 싶다고,
꼭 그렇게 할 것이라고 다짐이 저절로 일어나더군요.
4, 50대 중년들이 아이들과 그림책을 함께 읽는 모습,
정말 멋지지 않습니까?
아마도 잃어버린 동심을, 호흡을 만나지 않겠습니까?
할아버지 할머니가 손자와 함께
그림동화를 읽어가면서 만나는 세계가 궁금합니다.
삼촌이 조카들과 같은 만화책을 읽어가면서 만들어낼 분위기가
기대됩니다.
이렇게 책을 읽고 깨우치며 당당하게 자라갈 아이들의 모습이
너무나 선명하게 그려집니다.
그렇게 자란 아이들은 분명히 이런 삶의 유산을 잘 받아
더욱 발전시켜서 가족의 유산으로 승계할 것입니다.

가족은 종족 승계만이 아닌, 보이는 재산만이 아닌
이렇게 삶을 승계하는 삶의 학교입니다.

## 자기 가족은 자기만이 만들 수 있습니다

우리 모두는 가족에서 태어나고, 가족에서 자라
가족으로 돌아갑니다.
어느 누구라도 가족을 떠나 살 수는 없습니다.
또 가족과 함께 평생 살 수는 더욱 없습니다.

그러면 가족이란 무엇일까요?
국어사전에는 가족을 이렇게 말하고 있습니다.
부부와 같이 혼인으로 맺어지거나
부모 자식처럼 혈연으로 맺어지는 집단, 또 그 구성원.
다시 말하면 가족이란 모르는 남녀가 둘이 만나서 하나가 되어
한 사람을 만듭니다.
둘이 하나가 된 그는 다시 커서 부모를 떠나
독립을 이루어 또 모르는 사람, 즉 다른 가족 하나를 만나서
둘이 하나가 되어 또 한 사람을 낳아 길러서 떠나보내는 것입니다.
가족이 존재하는 목적은
가족 개개인이 성숙한 인간으로 자라도록 해주는 것입니다.

여기서 성숙한 인간이란 홀로이면서 함께 살 수 있는 사람,
그 무엇을 생산할 수 있어 자기 가족을 만들 수 있는 사람입니다.
그러기 위해서 우리는 사랑으로 자녀들을 잘 키워야 합니다.
사랑으로 잘 키운다는 것은 언젠가는 자녀들을 떠나보내야 한다는
뜻입니다. 자녀가 잘 컸다는 것은 때가 되면
스스로 부모를 떠날 줄 안다는 뜻입니다.

가족의 병리는 그때그때 나이에 맞게 떠나보내야 하는데
떠나보내지 못할 때, 떠나야 하는데 떠나지 못할 때 생깁니다.
가족은 때가 되면 떠나게 되어 있고 떠나보내게 되어 있습니다.
그것이 사랑입니다.
그렇게 떠나야 다시 가족으로 함께하는 것입니다.
떠나지 못하고 의존과 집착으로 맺어진 가족은 건강하지 못하고
성숙할 수 없는 가족입니다.

결혼을 하지 않겠다는 40대 중년이 있었습니다.
이 사람은 가족들끼리 사는 것을 경멸했습니다.
가족들끼리 서로 주고받고 사는 것은
가족 이기주의에 빠지는 것이고, 이는 소인배들이 하는 짓이고,
이것이 사회를 망치고 있고, 크게는 나라를 망치고 있으며,
끝내는 인류 발전을 저해하는 요인이라는 신념을 가지고

살고 있었습니다.

그래서 자기는 지구 가족을 지향한다면서 결혼을 하지 않고
혼자 살고 있었습니다. 어느 날 그에게서 이메일이 왔습니다.

"저 요즘 결혼하고 싶다는 강력한 욕구가 올라옵니다.
제 안에 이런 욕구가 있었다는 것이 낯설고 부끄럽지만
선생님께 고백하고 싶습니다. 아버지와 아들이 함께 목욕탕에 와서
서로 등을 밀어주는 모습이 제 눈에서 떠나지 않습니다.
백화점에서 가족의 옷을 사주는 제 또래 가장들의 모습이
아주 존경스럽게 보입니다. 어제 저녁에는 한 식당에서 네 식구가
다정하게 밥을 먹는 모습이 어찌나 부럽던지요.
저, 그동안 한 번도 그렇게 생각해 본 적이 없는데 제가 아무래도
잘못 산 것 같습니다. 아니 잘못 살았습니다.
저도 결혼해서 제 가족을 갖고 싶습니다."

사람이 세상에 와서 한 가장 큰 일은 무엇일까요?
무슨 위대한 발명품을 만든 것일까요?
아니면 불멸의 예술품을 창조한 것일까요?
아니면 신기록을 남긴 것일까요?
저는 결코 그렇게 생각하지 않습니다.
사람이 이 세상에 와서 이루는 가장 위대한 일은

결혼을 해서 자녀를 낳고 기르고
그 자녀가 커서 또 다른 가정을 경영하도록 하는 일,
자기 가족을 만드는 일입니다.

자기 가족은 자기만이 만들 수 있습니다.
가족은 가장 오래되고 끝까지 남을,
인류가 낳은 최고의 작품 중의 작품입니다.
지금 우리는 그런 작품을 만들고 있는 삶의 예술가입니다.

# 가족에도 일류 가족이 있습니다

50대 초반의 한 중년 남자입니다.

늘 매사에 성실하게 살았고, 사업도 이루었고

그런 대로 인생에 성공했다고 자부하고 살고 있었답니다.

그런데 우연히 친구가 제 강의 CD를 건네주었습니다.

듣고 나서부터는 처음으로 그동안 자기가 무엇을 하고 살았나

하는 반성과 함께 성공한 인생이 아닌 실패한 인생,

일류가 아닌 하류로 산 것이 아닌가 하는 생각이 들더라는 것입니다.

자기는 남자로서, 아빠로서 할 일을 다했다는

자부심과 긍지를 가지고 살았답니다.

커다란 아파트에다 풍요로운 살림살이는 물론 과외다, 스키다,

해외연수다 자식들이 해달라는 것, 원하는 것은 거의 다 해주었고,

좋은 자동차에 골프도 하고 해외여행도 다니고…….

자기는 아주 잘 살았고 성공한 인생인 줄만 알았다는 것입니다.

하지만 자기 가족은 의사소통이 별로 없고, 눈을 서로

마주보지 못하고 있으며 거의 사무적이라고 고백을 합니다.

물론 책도 읽지 않고 서로가 고맙다는 말이 없고

서로에게 차갑게 대한다는 것입니다.

돈이 모든 걸 해결해 주고 일하는 아줌마가 도와주고…….

가족끼리 옹기종기 모여서 서로 존중하는 분위기에서

오순도순 이야기를 한 적이 없다는 것입니다. 부인이 무슨 생각을

하고 사는지, 애들이 뭘 하고 사는지 모르고

자기는 사업만 했다는 것입니다.

자식들이 잘못하는 것은 다 아내 책임으로 돌리고…….


남자는 마침내 깨닫습니다.

일류 학교만 있는 것이 아니라

일류 가족이 있다는 것을,

일류 기업만 있는 것이 아니라

일류 가족이 있다는 것을

뼛속 깊이 깨닫게 됩니다.

그는 결심합니다. 남은 생애 동안 어떻게 해서든

자기 가족을 일류 가족으로 만들겠다고 선언합니다.

그는 담배를 끊습니다. 앉아서 소변을 봅니다.

집에 일찍 들어옵니다. 집 안 청소를 직접 합니다.

거실의 술병을 치웁니다. 그 자리에 그림을 사서 겁니다.

골프를 줄이고 가족들과 함께 산행을 합니다.

아내에게 존댓말을 합니다. 자식들에게도 존중하는 태도를 갖습니다.

식구들에게 고맙다고 문자를 보냅니다. 신발을 돌려놓습니다.
책을 읽습니다. 식구들과 서점에 함께 갑니다.
미술관도, 공연장도 가족과 함께 갑니다. 집에서 음악도 듣습니다.


어느 날 자기 집 안의 분위기가 바뀐 모습에 스스로 감동을 하고
늘 그림자처럼 쫓아다니던 불안도 초조도 사라지고
말할 수 없는 평화가 가슴에 흐릅니다.
노래가 절로 나오고 휘파람이 아주 쉽게 나옵니다.
가족이 그렇게 고마울 수가 없습니다.


우리는 일류 학교만 있는 줄 알고 일류 학교에 자식들을 보내려다가
정작 내 가족은 삼류가 되고 마는 경우를 많이 보게 됩니다.
일류 회사에 들어가고 일류 기업을 이루려다가
정작 가족은 하류로 전락하는 줄도 모르고 사는 경우가 많습니다.


일류 학교만 있는 것이 아닙니다. 일류 가족이 있습니다.
일류 기업만 있는 것이 아닙니다. 일류 가족이 있습니다.


일류 학교에 들어가려는 것, 일류 기업에 들어가려는 것.
어쩌면 결국은 모두가 일류 가족을 만들려는 것이 아니겠습니까?
그렇다면 순서를 바꾸어서 먼저

일류 가족을 만드는 것이 어떻겠습니까?

일류 학교 들어가는 것, 일류 기업 만드는 것

그리 마음먹은 대로 되지 않을 것입니다.

누구나 그렇게 하고 싶을 것입니다.

하지만 쉽지 않지요.

마음만 먹으면 쉽게 되는 것이 있습니다.

일류 가족을 만드는 일입니다.

뭐, 돌아갈 필요가 있겠습니까?

일류 가족 만들기!

지금 나부터 하면 하는 만큼 됩니다.


일류 가족 만들기 프로젝트!

나만의 일류 가족 만들기!

예, 지금 바로 시작하십시오.

# 칭찬은 가족 건강의 비타민입니다

자식들을 너무 칭찬하면 건방지게 될까 봐
칭찬과 격려를 아꼈다는 부모들을 종종 만납니다.
이는 회사 생활을 하면서도 그대로 적용됩니다.
이런 부모 밑에서 자란 아이들은 부모님의 끌어당김대로
부모님의 믿음대로 정말 건방지고 거만해집니다.
어떻게 거만해지고 건방지게 되느냐고요?

50대 초반의 남성입니다.
좋은 대학을 나와서 좋은 직장에 다닙니다. 그런데 그에게는
부모님으로부터 잘했다는 칭찬을 받은 기억이 없습니다.
더 잘해라, 떨어지지 않도록 조심해라, 늘 이런 말만 듣고 자랐습니다.
그래서 그런지 늘 자기는 부족한 사람이고 잘하는 것이 없다며
열등감에 시달립니다.

이 사람은 언제나 혼자입니다. 집에서도 직장에서도 홀로입니다.
부모에게 배운 대로 남자는 자기 자식에게 따뜻한 말이나

지지, 장난, 칭찬을 건네지 않습니다.
직장에서 아랫사람들이 일을 잘해도
아무런 칭찬이나 격려가 없습니다. 아주 냉정합니다.
그런데 회식 자리에서 술만 먹으면 개가 됩니다.
말도 무지하게 많이 하고 소리도 막 질러대고
어떻게든 트집을 잡아서 끝내는 싸우기까지 합니다.
그동안 하고 싶었던 말을 하고 또 합니다. 완전 딴사람이 됩니다.
그러니 동료나 직원들이 얼마나 질리겠습니까?
게다가 그렇게 술에 취해서 집에 가면 식구들을 다 깨워가지고는
일장 연설을 시작합니다.
그러고는 다음 날 술이 깨면 아무 일 없었다는 듯 아주 조용하고
수줍은 샌님이 되어 식구들과 식사를 하고,
어제 무슨 일이 있었냐는 듯 회사에 가서는 묵묵히 일을 합니다.


그동안 얼마나 사랑받고 싶고, 인정받고 싶고,
또 자기도 그러면서 살고 싶었겠습니까?
맨 정신으로는 못하다가 술에 취해 술기운에 의지해 억눌러왔던
자기 모습이 튀어나온 것입니다. 술도 절제하고 참고 참다가
1년에 몇 번은 꼭 이런 의식(?)을 치르며 50대가 된 것입니다.
저는 이런 사람이나 가족을 만나면 숙제를 줍니다.
자기 식구에게나 회사 동료들에게 아주 작은 일이라도

그때그때 칭찬을 해보라고 합니다.
이들의 처음 반응은 그걸 어떻게 하느냐며 쑥스러워합니다.
자기에게도 칭찬을 해주라고 합니다. 또 그것을 글로 크게 써서
벽에 붙여놓고 자주 보고 소리 내어 읽으라고 합니다.

사람들에게 가장 필요한 욕구 중의 하나는 소속의 욕구이고
인정받고자 하는 욕구입니다. 그것을 감추지 말고
드러내어 표현하는 것이 건강한 삶의 비결입니다.

인정받고 싶다면 내가 먼저 그 사람을 인정해야 합니다.
사랑받고 싶다면 내가 먼저 그 사람을 사랑해야 합니다.
이것이 거만에 빠지지 않고 건방져지지 않는
겸손하게 사는 자연스러운 길입니다.

칭찬하면 고래도 춤을 춘다지요?

## 한 사람이 깨어나면 가족이 다 깨어납니다

한 원숭이가 조련사에게 물어봅니다.

부엌에 바나나가 있습니다. 그런데 문이 잠겼습니다.

열쇠가 어디 있나요?

조련사가 대답을 합니다.

열쇠는 파란색 서랍에 있습니다.

원숭이는 부엌문을 열고 바나나를 꺼내왔습니다.

물론 손가락으로 나누는 대화입니다.

원숭이는 자신의 의사를

분명히 전달했고,

조련사의 대답을 확실히 이해했습니다.

이 원숭이는 자신의 기쁨, 슬픔을 사진을 통해 전달할 수 있었고

과거 · 현재 · 미래의 시간도 구분할 수 있었습니다.

조련사에게 물었습니다.

어떻게 원숭이가 말을 할 수 있느냐고요.

인간이 키웠기 때문이라고 합니다.

원숭이도 인간이 키우면 말을 합니다.

그런데 신기한 것은 원숭이들 사이에서 자란 원숭이는
아무리 조련을 해도 안 되더라는 것입니다.
그러나 태어난 지 얼마 안 되는 원숭이를 인간이 키우면
원숭이도 사람들처럼 되고자 하는 강력한 동기를 가진다고 합니다.
그러니 가정, 가족의 분위기가 아이들에게 얼마나 중요하겠습니까?

가족 중에 한 사람이 어느 날 깨어나
삶을 예술로 가꾸는 길에 들어선다면 그 일이 가족의 역사에
얼마나 큰 전환점이 되겠습니까?

한 사람이 깨어나면 형제를 새롭게 만나고
회사 동료를 새롭게 만나고
옛 친구를 새롭게 만나고…….

## 가족이 함께 일하는 집은 활기차고 화목합니다

독일에서 유학했던 후배가 들려준 이야기입니다.
독일에서는 집안일을 가족 모두가 함께 합니다.
아침도 같이 준비하고, 청소도 함께 하고, 정원도 함께 가꾸고…….

가족이 함께 일하는 집은 화목합니다.
집 안 청소를 함께합니다. 아빠 차를 함께 닦습니다.
밥상도 함께 차립니다. 부모님의 일터에 나가 자식들이 거듭니다.
부모님이 자식들의 일터에 나가 작은 도움이라도 주려고 합니다.
이때 가족은 아주 끈끈해집니다.

집 안에서 주부의 일은 정말 많습니다.
아기라도 생기면 더욱 그렇습니다.
이때 어떤 남자들은 아내가 자기에게만 쏟던 관심이
아기에게 가는 것을 질투하기도 합니다.
그래서 술을 먹고 집에 늦게 들어옵니다.
여자는 여자대로 불만이 쌓여갑니다.

일은 많아지는데 남편은 영 도와주지 않고 힘은 들고
어쩔 줄 몰라 홀로 엉엉 우는 여자도 있습니다.
서로의 가슴이 식어갑니다.

많은 여자가 남자의 도움을 원하고 있다는 사실을
남자들은 꼭 기억해야 합니다.
아내를 도와주는 남자는 도와줄수록 힘이 생깁니다.
도와줄수록 멋있어집니다. 도와줄수록 깊어집니다.
아내를 도와주는 남자는 도와줄수록 남자다워집니다.

남편의 도움을 받는 여자는 온 동네에
자기 남편을 자랑합니다.
남편을 자랑하는 여자는 정말 행복한 여자입니다.
자기 남편을 자랑할 때 여자의 모습은
빛이 납니다.

# 삶이 내게 준 가장 큰 선물은 가족입니다

우리가 이 지구에 와서 선물 받은 것 중에서 최고는
뭐니 뭐니 해도 삶이 아닐까 합니다.
그래서 저에게 신의 이름은 삶입니다.
실재하는 신은 이름도 없으신 분이지만
굳이 그분의 이름을 부르라 한다면
저는 삶이라 부르겠습니다.

삶은 어디서 시작되는 것일까요?
바로 가족입니다. 가족은 나라도, 피부도, 이념도, 종교도, 경제도,
사회도, 문화도, 예술도 다 초월해서 사는 관계입니다.

부부가 만납니다.

    그 많은 여자 중에 그대가 나의 여자입니다.
    당신이 내 남자인 것이 자랑스럽습니다.
    고맙습니다.

더 잘해주지 못해서 미안합니다.

나의 실수를 용서해 주세요.


맺힌 미움들이 풀립니다.


부모와 자녀가 만납니다.


나의 아버지, 어머니인 것이 나에게는 가장 좋습니다.

네가 내 아들, 내 딸인 것이 나는 자랑스럽단다.


너무 가까워서 보지 못하고 들리지 않던
부모 자식 간의 사랑과 공경이 고백으로 나옵니다.


형제가 만납니다.
나 혼자였다면 얼마나 쓸쓸했을까요?


형이 있어서, 동생이 있어서, 언니가 있어서 나 정말 좋아.

미안해, 형.

고맙다, 동생아.


그동안 전혀 느껴보지 못했던 힘을 느낍니다.

우리는 그렇게 만나는 가족들을 보면서 감동하고 감격하고
함께 눈물을 흘립니다.
그 뭉클함이 가슴을 가득 채울 때쯤 행복한 사람이라고
노래하면서 손을 마주하고
눈을 마주하고 얼을 싸안습니다.
삶을 축하합니다.
가족을 준 삶에게 고개 숙여 공경을 표합니다.


　　고맙습니다.

　　예.

　　사랑합니다.

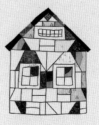

부부

# 아내와 나 사이

이생진 | 월간 〈우리시〉 2008년 10월호 발표

아내는 76이고

나는 80입니다

지금은 아침저녁으로 어깨를 나란히 하고 걸어가지만

속으로 다투기도 많이 다툰 사이입니다

요즘은 망각을 경쟁하듯 합니다

나는 창문을 열러 갔다가

창문 앞에 우두커니 서 있고

아내는 냉장고 문을 열고서 우두커니 서 있습니다

누구 기억이 일찍 돌아오나 기다리는 것입니다

그러나 기억은 서서히 우리 둘을 떠나고

마지막에는 내가 그의 남편인 줄 모르고

그가 내 아내인 줄 모르는 날도 올 것입니다

서로 모르는 사이가

서로 알아가며 살다가 다시 모르는 사이로 돌아가는 세월

그것을 무어라고 하겠습니까

인생?

철학?

종교?

우린 너무 먼 데서 살았습니다

## 결혼식은 결혼의 시작일 뿐 🌾

참 세상이 많이 변했다 싶습니다.
통계에 의하면 매년 35만 쌍이 결혼을 하고
13만 쌍이 이혼을 한다고 하니
이혼이 세 가정에 하나꼴이 되는 셈입니다.

사람들은 대부분 결혼식이 결혼의 완성인 줄 알고 있는데
완성이 아니고 시작이라는 것을 새삼 알아야겠습니다.
결혼식은 말 그대로 결혼하는 식, 즉 의식을 치르는 것에
불과합니다. 이제 결혼 생활이 시작되는 것입니다.
연애 시절보다 더 깨어서 생활해야 진정한 결혼이 되는 것입니다.

결혼은 평생 이루어가는 대사입니다.
그런데 대개는 결혼식이 끝나면 다 완성된 줄로 알고
그동안 하던 대로 방심하고 삽니다.

5년 연애 끝에 결혼해서 3년을 살다가 헤어진

30대 초반의 직장 여성이 있습니다.

왜 이혼하게 되었느냐고 물었습니다.

그녀가 차근차근 고백을 합니다.

결혼은 섹스로만 되는 것이 아니라고요.

자기는 여러 남자를 만나보았다는 것입니다.

그중에서 그래도 성관계가 제일 잘 통하는 남자가

사랑인 줄로 알고 결혼을 하게 되었는데,

몇 달 지나니까 그것이 아니더라는 것입니다.

우선 대화가 잘 안 되고

습관이 너무나 다르고

결정적인 것은 남편이 비전 없이 사는 것이 마땅치 않았습니다.

신뢰가 가지 않아 아기도 갖지 않게 되고

그러다가 자주 싸우게 되어 이혼했다는 것입니다.


그러면서 마지막으로 말합니다.

"제가 결혼 준비를 하지 않고 결혼을 했더라고요.

함께 살면서 이루어나갈 인생의 목표도 없고,

인생의 목표가 없으니까 자연히 인생 지도도 없고……."

함께 살아야 할 인생의 방향도 없었고 인생의 지도도 없었다는

그녀의 고백이 찡하게 지금까지 제 마음에 울림으로

남아 있습니다.

오늘은 아름다운 결혼 생활을 위해서 필요한 몇 가지 원칙을 적어봅니다.

1. 결혼은 건축입니다.

   상세한 설계도를 작성합니다.

2. 결혼 생활은 공동생활입니다.

   상대를 배려하고 존중합니다.

3. 결혼 생활은 평생 가는 사업입니다.

   숨기지 말고 거짓 없이 정직해야 합니다.

4. 결혼 생활은 서로를 성장시키는 통로가 되어야 합니다.

   상대의 변화를 시기하지 말고 지지합니다.

5. 부부 문제는 가능한 한 둘이서 해결합니다.

   친정이나 시댁, 즉 원(原)가족에게 고발하지 않습니다.

6. 결혼 생활에 위기가 왔을 때에는 전문가의 도움을 받습니다.

   둘이서나 혼자서 쉽게 이혼을 결정하지 않습니다.

7. 함께 평생을 살아갈 인생의 목표를 정합니다.

   부부는 평생 함께할 인생의 동업자입니다.

# 사랑보다 더 큰 것이 성입니다

결혼하지 않고 10년 넘게 연애만 하는 사람이 있습니다.
왜 결혼을 하지 않느냐고 물으면 연애하는 것만으로
충분하다고 합니다.
동거를 하면서도 결혼을 하지 않는 연인들도 있습니다.
결혼을 하고도 아기를 낳지 않는 부부가 있습니다.
아직 서로를 믿지 않는다는 이야기입니다.
지금 만나고 있는 남자가 아닌 다른 남자를,
지금 함께 살고 있는 여자가 아닌 다른 여자를
아직도 기다리고 있는 것입니다.

제가 그렇게 말하면 수긍을 하며 고개를 끄덕이는 사람도 있지만
자기들은 그렇지 않다고 항변하는 사람도 있습니다.
아니라고요,
사랑하고 있다고요,
자기 남자이고 자기 여자라고요,
자기들은 아무 문제가 없다고요.

그러면 다시 제가 말합니다.

그렇게 문제가 없다면 아기를 낳으시지요.

정말 그 남자가 내 남자라면 여자는

그 남자의 아기를 갖고 싶고

정말 그 여자가 내 여자라면 남자는

그 여자를 닮은 딸을 낳고 싶은 법이라고요.


사랑보다 더 큰 것은 성관계입니다.

사람이 태어나는 것은 마음으로만 사랑해서가 아니라

몸으로 하는 성관계를 통해서이기 때문입니다.

정말 사랑한다면 아기를 갖게 됩니다.

잘 모르겠다면 아기를 낳아보면 그때야 알게 될 것입니다.

꼭 기억해야 할 것이 하나 있는데,

그것은 우리에게 아기를 낳고 기를 수 있는 때가

그리 길지 않다는 것입니다.

아기를 낳고 기르고 싶어도

그럴 수 없는 때가 곧 닥칩니다.


아기를 가질 수 있고, 낳을 수 있고

기를 수 있을 때 갖고, 낳고, 길러야 합니다.

이것이 인생이라는 학교에서 이루는 최고 과정입니다.

# 남자가 여자인 아내 한 사람 감동 못 시킵니까?

부부 관계가 힘들다는 사람들을 만납니다.
남편이 영 자기 말을 듣지 않는다는 것입니다.

그럴 때 저는 종종 이렇게 안내합니다.
"여자로 남자 하나 감동 못 시킵니까?" "여자의 몸을 가지고 있고,
여자의 성품을 가지고 있고, 여자의 감성을 가지고 있는데 그런 것
없는 남자 하나 감동 못 시킵니까?"
정말 그렇지 않습니까?

반대로 아내가 자기를 제대로 알아주지 않고
남편 대접을 하지 않는다고 불평하는 남자도 많지요.
헌데, 남자로 여자 하나 감동 못 시킨다면
어디 그게 제대로 된 남자이겠습니까?
남자의 몸과 남자의 성과 남자만의 이야기를 가졌는데,
그런 것 없는 여자 하나 감동 못 시킨다면,
뭔가 남자로서 부족하거나 자기가 남자인 것을

잘못 알고 있는 것이 아닐는지요.

내가 남자라면 분명 여자를 좋아하게 되어 있고
여자를 감동시킬 수 있게 되어 있는 것입니다.
내가 여자라면 남자를 좋아하게 되어 있고
남자를 감동시킬 수 있게 되어 있습니다.
이것이 자연이고 우주의 질서입니다.

그런데 이 자연이 흐트러지고 우주의 질서가 깨졌습니다.
자기가 남자인 것을 모릅니다. 자기가 여자인 것을 모릅니다.
남성성과 여성성이 조화된 균형 잡힌 그런 여자와 남자,
즉 진짜 남자다운 남자와 진짜 여자다운 여자를
만나지 못하고 보지 못하고 자라서 그렇습니다.

우리는 찾아야 합니다. 우리는 만나야 합니다.
남자다운 남자를 만나는 것, 축복 중의 축복입니다.
여자다운 여자를 만나는 것, 은총 중의 은총입니다.

찾고, 찾고, 찾으면 만날 것입니다.

# 남자와 여자가 가장 듣고 싶은 말

쉰이 넘은 한 중년입니다.

하는 일도 잘되고 자녀들도 잘 자라주어

삶이 고맙고 사랑스럽습니다. 그런데 여전히 쓸쓸하고

무엇인가 부족한 것 같습니다.

어느 날 연속극을 보다가 그것을 발견합니다.

자기가 아내로부터 칭찬을 받은 적이 없다는 것을.

자기가 원하는 말, 진정으로 자기가 듣고 싶었던 말을

아내로부터 한 번도 듣지 못했다는 것을 알아차립니다.

연속극에서 나오는 대사를 듣기 전까지는

자기가 왜 쓸쓸하고 허전한지도 몰랐다는 것입니다.

연속극에서 그러더라는 겁니다.

남자가 여자에게서 가장 듣고 싶은 말이 뭔지 알아?

그것은 당신 대단해, 라는 말이야.

그것도 자식들 앞에서 아내가 그렇게 하는 말을 듣고 싶지.

그리고 그거 하고 나서는 더욱 듣고 싶거든.

그때 무엇에 띵 하고 맞은 것 같았다고 합니다.

돌아가신 자기 아버지가 떠오르더라는 것입니다.

그렇구나, 혼자서 담배를 태우시던 아버지의

그 쓸쓸하고 외로운 표정이 이해가 되더라는 것입니다.

자기 아버지가 그랬답니다.

한 번도 어머니가 아버지를 칭찬하는 모습을

보지 못하고 자랐다는 것입니다.

자기도 아내로부터 여보 잘했어, 당신 대단해, 하는 말을

여태껏 못 들어보고 산다는 것입니다.

그러면서 쓸쓸하게 미소 짓던 그분의 표정이 떠오릅니다.


그래서 어느 날부터 수련 중에 여러 번 물어보았습니다.

자기 아내로부터 가장 듣고 싶은 말이 무엇입니까?

자기 남편으로부터 정말 듣고 싶은 말이 무엇입니까?

그랬더니 거의 한결같은 대답이 나옵니다.

남자들이 아내로부터 가장 듣고 싶은 말은


    당신 대단해, 당신 최고야!


여자들이 남자들로부터 가장 듣고 싶은 말은

당신 예뻐.

당신 아주 섹시해!


그러고 보니 저도 언제부터인가
이 말을 잘 사용하지 않고 있다는 사실을 알았습니다.
삶은 이렇게 평생 배우고 사는 것이지요.
배우는 기쁨이 가장 큰 기쁨입니다.


당신 대단합니다.

당신 예쁘네요.

당신 아주 섹시해요.

당신이 최고입니다.

## 부부의 성은 공평해야 합니다

40대 후반의 한 목사님이 자기는 성관계에 불만이 많았는데
그것을 여태껏 아내에게 한 번도 말을 하지 못했다고 합니다.
부부의 성관계는 공평해야 한다는 말에
아주 감동을 받았다고 제 손을 잡고 고백을 합니다.
늘 자기가 손해 보는 기분이라서 좋지 않았다는 것입니다.
자기가 먼저 하자고 해야 하고, 할 때는 수동적이고,
한창 하는 중에 '내일 기도해야지요.' 한다는 것입니다.
이 목사님이 그동안 얼마나 재미없고 쓸쓸했을까요.
목사도 성직자 이전에 남자인데 말입니다.
육체가 처음부터 성직자, 목사나 신부, 스님으로
다르게 태어나는 것이 아닐 텐데 말입니다.
부부의 성관계는 육체관계입니다. 육체, 몸이 만나는 것입니다.
몸이 외롭고 몸이 사랑받고 싶어 합니다. 몸은 보이는 영혼입니다.

한 중년 여인이 있습니다.
자기는 남편에게 먼저 하자고 한 적이 없답니다.

또 한 번도 자기가 위에서 해본 적이 없답니다.
여자가 먼저 하자고 하거나 위에서 하는 것은
술집 여자들이나 하는 것으로 알았다는 것입니다.
자기는 순결하고 고상한 여자라는 것입니다.

부부 문제는 성에 대한 오해에서 기인하는 경우가 참 많습니다.
그래서 성관계가 원만해지면 부부 문제가 거의 풀리기도 합니다.
부부의 성관계는 공평해야 합니다. 관계는 주고받기입니다.
줄 때 잘 주고, 받을 때 잘 받아야 합니다.
주어야 하는데 어떻게 주어야 하는지 모르고,
주는데 어떻게 받아야 하는지 몰라 받지도 못한다면
그 관계는 풍성하지 못하여 결국은 시들해지고 맙니다.

부부는 성관계에 대해 서로 말을 해야 합니다.
무엇이 불만인지, 어떻게 받고 싶은지, 얼마만큼 받고 싶은지,
어디를 만져주면 좋은지, 어떻게 하는 것은 싫은지 등을
서로가 알려주어야 합니다.
소리 내어 알리지 않고 알아주겠지 하는 생각으로 사는데
알려주지 않으니 모를 수밖에 없고
알아주지 않으니 불만이 쌓이게 되어
끝내는 성관계가 시들해지는 것입니다.

부부가 서로 오래 함께 살다 보면 잊고 지내는 것이 있습니다.
자기 남편이 남자이고 자기 아내가 여자라는 것을 잊고
그냥 살고들 있는 것입니다.
결혼기념일도 그렇습니다. 꼭 남자들만 이날을 기억하고
이벤트를 해주어야 하는 것은 아니지요.
한 남자는 그것이 불만이라며 감정을 터뜨리기도 하더군요.

부부는 성관계든 뭐든 관계가 얼마나 공평한가를
서로가 잘 살펴보아야 합니다.

내가 손해 본다는 생각, 내가 희생자라는 피해의식 없이
서로가 공평한 관계를 맺고 사는 부부는
진정 축복을 누리는 부부입니다.

## 정자와 난자의 상태가 아이의 생을 결정합니다

학창 시절, 인생에서 가장 중요한 때는
청소년기라고 배웠습니다. 그런데 어느 날부터인가
유아기가 인생에서 가장 중요한 시기라고 합니다.
또 유아기 중 생후 1년은 나중 10년과 맞먹을 만큼
아이의 성격 형성에 지대한 영향을 끼친다고 합니다.
심리학이 발전하면서 청소년기에서 유아기로
유아기에서 생후 1년으로 중요 시기가 바뀌는 것입니다.
그 생후 1년보다 더 중요한 시기가 있습니다.
바로 태 안에 있는 10달, 태내기랍니다.
특히 뇌과학이 발전하면서 그 중요성이 더욱 강조되고 있습니다.
그런데 요즘은 이것도 아니랍니다.

수정하는 그 순간이라는 것입니다.
정자와 난자가 만나는 그 순간 정자와 난자의 상태가
아이의 생을 거의 결정한다고까지 합니다.
물론 이런 지식을 그대로 다 받아들이면 운명 결정론에

빠질 수도 있을 것입니다. 하지만 귀담아 들을 말입니다.

농사를 지어보면 씨앗의 상태가 얼마나 중요한지를 알게 됩니다.

그래서 좋은 씨를 심으려고 고르고 또 고릅니다.

좋은 씨를 찾아다닙니다.

그러고 보면 인생은 남녀가 처음 만나는 것

우연히 소개를 받거나 선을 보고 연애를 하는 것

이것이 정말 중요하다 하겠습니다.

어느 씨를 어느 밭에 심느냐가 중요하듯

인생도 그러하기 때문입니다.

이는 다른 짐승들이나 식물은 할 수 없는 일입니다.

신이 오직 우리 인간에게만 부여해 준 특권이자 기회입니다.

전보다 더 좋은 씨로 가꿀 수 있고

전보다 더 좋은 밭으로 만들 수 있다는 것입니다.

미리 다 결정된 것이 아니라 개선시킬 가능성이 있다는 것

우리 인간에게 이 얼마나 큰 축복이고 은총입니까.

이 축복과 은총을 누리고 살라는 것이

위대한 스승들의 가르침이 아니겠습니까.


어떻게 태어난 인생인데……

어떻게 맞이한 삶의 기회인데…… .

# 튼튼한 정자와 건강한 난자가 만나야 합니다

미국 초등학교 교실에서 일어난 일입니다.

어느 날부터 한 아이가 수업 중에 갑자기 소리를 지릅니다.

그런가 하면 교실을 마구 돌아다닙니다.

책을 던지는가 하면 아이들에게 폭력을 휘두릅니다.

아이가 왜 이렇게 되었는지를 각종 검사를 통해 알아보았습니다.

몇 달에 걸친 검사 끝에 알코올증후군이라는 결과가 나왔습니다.

그런데 이 아이가 술을 먹은 적은 없습니다.

최종 검사 결과는 아이가 임신될 때,

부모가 술에 취한 상태였다는 것입니다.

참 놀라운 이야기이지요.


그래서 남녀를 술에 취하게 한 다음에

정자와 난자를 채취해서 검사를 했습니다.

술에 취한 정자와 난자의 움직임은 정상적인 정자와 난자의

움직임과는 정말 다르게 아주 둔하기 짝이 없습니다.

정자가 술에 취해서 거의 움직임이 없습니다.

요즘 어린이들이 겪고 있는 장애 중 하나가

주의력결핍장애 내지는 과잉행동장애입니다.

한 교실에서 10퍼센트 가까운 어린이들이 그렇다는 통계도 나옵니다.

원인은 여러 가지입니다. 음식, 컴퓨터 게임, 과자, TV……

하지만 여기서 우리가 알아차려야 할 것은

태교가 원인일 수도 있다는 것입니다.

그러니까 신혼여행 가서 술 먹은 상태에서 임신이 되어 그럴 수도

있다는 것입니다. 한번 생각을 해보세요.

부모의 불찰과 무지로 인해 아이가 평생 겪어야 할 고통을요.

아이가 무슨 죄가 있습니까?

어디 그것이 한 아이의 고통으로 끝나는 일입니까?

가족과 학교, 사회가 다 그 대가를 지불해야 합니다.


태교, 정말 중요합니다. 준비해서 임신해야 합니다.

그래서 택일을 하는 것입니다. 음력 보름이 좋다고 합니다.

택일이 어려우면 마음가짐과 몸가짐만이라도

정성에 정성을 쏟아야 하지 않겠습니까?

신이 임하는 '임신'인데 말입니다.


신이 임하시도록 한두 달을 정결하게 준비합니다.

부정한 곳은 가능한 한 피합니다.

시끄럽고 사나운 곳에는 가지 않습니다.

부부가 함께 운동을 합니다.

바람도 많이 맞이하고 땀도 흘립니다.

아침햇살도 많이 받습니다.

저녁노을도 감상합니다.

부부가 함께 손잡고 하는 산책이 아주 좋습니다.

육류는 조금 하거나 피하고 채소와 과일을 많이 먹습니다.

인스턴트 식품은 먹지 않고 김치나 된장을 많이 먹습니다.

음악도 클래식이나 명상 음악을 많이 듣습니다.

아주 부드러운 춤을 적당하게 춥니다.

기도와 명상을 위해 교회나 절, 수련도장에 갑니다.

100일 작정하고 기도와 명상을 합니다. 충분히 잡니다.


튼튼한 정자와 건강한 난자가 만나야 단군 같고, 이순신 같고,
예수 같고, 붓다 같은 그런 순결한 정신에 건강한 육체를 가신
자손이 태어날 수 있는 것입니다.

몸이 튼튼하고 마음이 성한 자손을 갖고 싶은 것은
언제 어디서나 우리 모든 생명들의 본성입니다.


태교는 바로 우리 인간이 발견한 지혜 중의 지혜입니다.

지혜를 써서 아기를 가지실래요, 아니면 되는 대로 나으실래요?

우리의 자녀나 후손은 우리 스스로가 만드는 것이랍니다.

한 할아버지가 있습니다.
첫 손자를 맞이해야 한다고 하얀 모시옷을 준비합니다.
어떻게 입던 옷 그대로 입고 손자를 맞이할 수 있느냐면서요.
나중에 이 말을 들은 손자가 어떻게 자라겠습니까?
어떤 자긍심과 자존감을 갖고 평생을 살겠습니까?

삶은 그동안 내가 아는 대로가 아닌 정말로 새롭게 배우고
또 배우고 가꾸면서 살아야 할 엄청난 신비요, 우주입니다.
이런 삶이 나를 이 땅에 보냈고
나를 통해서 자신을 가꾸어가려고 합니다.
이런 삶이 그저 고마울 뿐입니다.

## 부부는 주고받음이 평등해야 합니다

생명이 무엇일까를 곰곰이 생각해 봅니다.
살라는 명령이 생명입니다. 우리는 명을 받았습니다.
살라는 명을 받은 것입니다. 그러면 산다는 것은 무엇일까요?
산다는 것은 관계하는 것이고, 관계한다는 것은 주고받는 것입니다.
주고받음이 알맞을 때 관계는 풍성합니다.

우리가 이 세상에 온 것은 도적질이나 하고, 구걸하고, 빼앗고,
죽이고, 멸망시키려고 온 것이 아닙니다.
우리는 풍성한 삶을 살려고 온 것입니다. 즉 관계를 바르게 하려고
주고받음을 제대로 잘하려고 왔다는 말입니다.

부부 생활은 부부 관계입니다.
그 남자와, 그 여자와 부부 관계를 맺는 것이 부부 생활입니다.
남편 아내가 따로 있는 것이 아닙니다.
남편과 아내는 우리 머릿속에 생각이나 이미지로만 있습니다.
실제로는 그 남자가 있고 그 여자가 있는 것입니다.

그런데 우리는 그 남자 자체로, 그 여자 자체로 보지 않고
내 아내, 내 남편으로만 보고 있습니다.

주고받는 것이 일방적일 때 불만이 생기고 불평이 일어납니다.
부부는 누구보다 주고받음이 평등해야 합니다.
그래야 손해 본다는 생각이 들지 않습니다.
부부 중 어느 한쪽이 손해 본다는 생각이 들면
부부 생활에 금이 가기 시작합니다.

남자라서 여자라서 줄 수 있는 것이 있습니다.
남자라서 여자라서 받을 수 있는 것이 있습니다.
남편으로서 줄 수 있는 것 다 주고 남자라서 받을 수 있는 것
다 받습니다. 아내로서 줄 수 있는 것 다 주고
여자라서 받을 수 있는 것 다 받습니다.

줄 것을 다 주고 받을 것을 다 받을 때
내가 그 남자의 아내라서 참 좋습니다.
내가 그 여자의 남편이라서 참 좋습니다.
남자인 것이 좋고, 여자인 것이 참 좋습니다.
내가 나인 것이 참 좋습니다.
이것을 서로 알게 해주는 통로가 부부 관계입니다.

## 동등한 부부가 건강한 부부입니다

사람들은 누구나 상처받기를 두려워하고
자신의 나약함이 드러나지 않기를 바랍니다.
그래서 자연스럽게 자기의 상처나 나약함을 방어하게 됩니다.
그렇게 방어하다 보니 방어하는 패턴이 형성됩니다.
사람들은 나름대로 자기방어 기제들을 가지고 있습니다.
마치 국가가 국토를 방위하기 위해 군대를 가지고 있고,
동물들이 생명을 지키기 위해 갖가지 방어 기술을
가지고 있는 것처럼 말입니다.

남을 지배함으로써 자신을 방어하는 남자들이 있습니다.
이런 남자들은 인정받기 위해 남의 비위를 맞춰주는 여자에게
끌리게 되어 있습니다.
또 남을 인정해 주고 보살펴 주는 데 익숙하고 그렇게 하는 것이
편안한 여자는 지배하려는 남자에게 매력을 느끼게 됩니다.
이런 남녀가 만나면 사랑이 아주 뜨겁게 일어납니다.
남들이 보기에도 아주 천생배필처럼 보입니다.

이들이 결혼을 하면 남자의 지배 욕구는 더 강화됩니다.

그럴수록 여자는 더 수동적이고 순종적인 아내가 되어갑니다.

남편은 집에서 제왕이 됩니다. 민주적인 의사소통이나

부부간의 장난 같은 것은 거의 찾아볼 수 없습니다.

남편의 권위를 손상시키는 말이나 태도는 있을 수도 없고

있어서도 안 됩니다.

이런 가정이 겉으로 보기에는 아주 평화로울 수 있습니다.


이런 부부 사이에 자녀가 태어나면

수동적인 여자는 자식에게 온 관심을 쏟습니다.

자기의 의존 욕구를 이제는 남편이 아닌 자녀,

그것도 아들에게서 받으려고 합니다.

그러면 아들과 엄마는 밀착되고,

아들은 자연스럽게 엄마의 아들로 크게 됩니다.

아들이 이제는 엄마에게 1순위가 됩니다.

이때 아빠는 자기 여자를 빼앗아간 아들을 괜히 미워하며

아들에게 쉽게 화를 냅니다.

아들을 미워하는 것을 감추기 위해 괜한 트집을 잡습니다.

하지만 아들은 아빠가 자기를 미워하는 것을 압니다.


인정받을 때 힘을 받는 여자는

결혼 생활이 깊어질수록 더욱 수동적이 되어갑니다.

그것이 채워지지 않으면 깊은 우울증에 빠지기도 합니다.

남편이 놀라 우울증에 빠진 아내를 고쳐보려고

수련회에 보냈다가 아내에게 변화가 일어나 이제는 남편 없이도

살 수 있다는 듯 나오는 모습을 보고,

그런 아내가 두렵고 불안하기까지 하다는 경우도 있습니다.

그래서 다시 아내에게 집에만 있으라고 하기도 합니다.

하지만 의식이 깨어나 빛을 보고 삶의 새 술에 취한 아내는

그렇게 해서 붙잡을 수가 없습니다.

남자의 나약함만 드러날 뿐입니다.

그런 중에 궁금해서 찾아오는 남편들이 있습니다.

그런 남편들에게 아내의 대역을 앞에 세우고 말하게 합니다.


당신은 하나뿐인 나의 여자입니다.

나는 당신을 동등하게 대합니다.

당신은 나의 하녀가 아니고 아내입니다.

당신도 나를 이제는 친구로, 당신과 동등한 남편으로 받아주세요.


남편과 아내 두 사람 다 편해집니다.


부부는 서로를 동등하게 대해야 합니다.

한편에서 일방적으로 지배하고
다른 한편은 수동적으로 받아들이기만 하는 가족은
우선은 평화로울지 모르지만 언제 터질지 모르는
시한폭탄이나 같습니다.

## 부부 생활은 공동생활입니다

이제는 이런 남자와는 도저히 함께 살 수 없다는

40대 후반의 한 여성이 있습니다.

남편에 대해서 아주 화가 나 있었습니다.

그뿐만 아니라 모든 남자들에 대해서 실망하고 있었습니다.

집에서는 남녀가 변기를 함께 사용하게 되는데

남편이 소변을 보고 나가면 늘 화장실에서 냄새가 난답니다.

소변이 흘렀거나 튀어서 변기에 묻었던 게지요.

신혼 초에는 미안해할까 봐 자기가 청소를 했답니다.

그런데 아들도 아빠처럼 서서 소변을 보니

똑같은 일이 벌어집니다.

그래서 남편에게 부탁을 했습니다.

소변을 서서 보지 말고 제발 앉아서 보라고요.

그런데 그 쉬운 부탁을 한 번도 들어주지 않는다는 것입니다.

이혼을 하겠다는 것입니다.


남자에 대해서 실망한 여성이 또 있습니다.

남편에게 양말을 벗으면 제자리에 놓아달라고 그렇게 부탁을 하고
잔소리를 하는데도 아무데나 그냥 던져놓는다는 것입니다.
이 말이 끝나자 이곳저곳에서 아우성입니다.
말도 마세요, 우리 남편은 양말을 TV 위에다 올려놓습니다.
우리 남편은 소파 밑에다 던져놓습니다.
우리 남편은 침대 밑에 던져놓습니다.
그래서 청소할 때마다 양말과 숨바꼭질을 하게 된다는 것입니다.
여자들의 말이 끝나자 남자들이 아무 말도 못하고 조용합니다.


한 남자가 말합니다.
자기 아내는 도대체 청소를 하지 않는다는 것입니다.
집에 들어가면 물건을 발로 치우면서 들어가야 한다는 것입니다.
음식도 먹던 것 다시 내놓고 또 내놓고
심지어는 팬티를 벗어서 그냥 침대 밑에 던져놓는다는 것입니다.
어느 날 자기가 청소를 하다 보면
침대 밑에서 아내 팬티가 20개나 나올 때도 있다는 것입니다.
계절이 바뀌어 옷을 찾으면 그 옷을 어디에 두었는지 모르고
그냥 한 벌 더 사서 입으라고 한답니다.
자기는 깔끔한데 아내는 정반대라서
이제는 갈라설까 한다는 것입니다.

제발 씻고 자자는 아내의 말을 듣지 않고
그냥 자는 남편이 있습니다.
어디 외출을 할 때 미리 좀 준비해서 여유 있게 나가자는
남편의 말을 무시하고 끝까지 자기 식대로 화장하고 준비하는
여자가 있습니다.

결혼한다는 것은 부부가 함께 공동생활을 한다는 뜻입니다.
공동생활의 기본은 서로에게 폐를 끼치지 않는 것입니다.
상대를 위해서 그 무엇을 해주기보다 우선 폐가 되고 불편을 주는
일을 하지 않는 것입니다.
그것이 상대를 배려하고 존중하는 일입니다.
이것이 부부 사랑입니다. 사랑한다고 말하는 것은 아무리 해도
그냥 말일 뿐입니다. 아직은 사랑이 아닙니다.
사랑은 명사가 아니고 구호가 아닙니다. 사랑은 동사이고
구체적인 행동으로 표현될 때 비로소 사랑인 것입니다.

공동생활에는 반드시 규칙이 있습니다.
규칙을 서로 잘 지키는 부부는 생활이 환하고, 향기 있고,
품격이 있습니다.
시시때때로 규칙을 어기고, 서로 경고를 남발하고,
딱지를 떼는 부부는 잔소리가 늘고 끝내 포기를 합니다.

그러다가 둘 다 냉소적으로 변하면서 향기 대신에
악취가 진동하는 품격 없는 부부 생활이 되고 맙니다.


부부 생활.
그것은 남편과 아내가 함께 만드는 공동 작품입니다.

## 부부는 서로 존댓말을 써야 합니다

한 유치원 선생님이 아이 집으로 전화를 합니다.

아이 아빠가 전화를 받습니다.

아이 엄마와 통화를 하고 싶다고 하자

아이 아빠가 아이 엄마를 부르는 소리가 들립니다.

야, 유치원 선생한테 전화 왔어!

그 유치원 선생님이 말합니다.

아빠들이 어떻게 전화를 받느냐가

그 아이의 태도와 아주 흡사하다는 것입니다.

아내를 '야'라고 부르고, 유치원 선생님을 '선생'이라고 부르는 집

아이들을 보면 대개 산만하고 불안하고 폭력적이라서

다른 아이들과도 잘 다툰다고 합니다.


아내에게 '야' 하고 선생님한테도 '선생'이라고 하는 아빠가

자식들에게는 뭐라고 하겠습니까?

자식들은 그대로 배웁니다.

맹자 어머니가 그래서 세 번이나 이사를 다닌 것 아니겠습니까?

그 사람의 말은 그 사람의 마음입니다.

말은 그 사람의 생각이고 감정입니다.

말 속에 마음이 들어 있습니다.

마음이 거칠면 말도 거칠고 말이 거칠면 마음도 거칩니다.

마음이 따뜻하면 말도 따뜻하고

말이 따뜻하면 마음도 따뜻합니다.


부부는 서로 공경해야 합니다.

공경의 첫 표시는 공경하는 말을 쓰는 것입니다.

반말이 아닌 존댓말을 쓰는 것입니다.

존대하는 말을 쓰다 보면 존대하는 태도를 갖게 됩니다.

여성인 아내를 존대하는 것은 바로 나를 존대하는 것입니다.

내 안에는 내가 만나주어야 할 여성성이 있기 때문입니다.

남자인 남편을 공경하는 것은 바로 나를 공경하는 것입니다.

내 안에는 내가 만나주어야 할 남성성이 있기 때문입니다.


서로가 공경하는 분위기에서 자란 아이

서로가 존대하는 말 속에서 자란 아이는

그대로 배워서 상대를 공경하는 말을 씁니다.


아내를 사랑한다고요?

사랑한다는 것은 그냥 말에 불과할 수도 있습니다.
아내를 사랑한다면 남편을 사랑한다면
우선 말부터 존댓말을 써봅니다.
가까울수록 우리는 서로서로 공경하는 말,
존대하는 말을 써야 합니다.

사랑은 태도입니다.
사랑은 행동입니다.

## 부부는 돈에 대해 솔직해야 합니다

결혼식을 올리고 신혼여행을 다녀오고 한 달이 지났을 즈음,
신부는 청천벽력 같은 소리를 듣습니다.
신혼살림을 차린 집이 전세인데, 그 전세비가 은행에서
융자받은 것이랍니다. 전세인 줄은 알았지만 은행 빚인 줄은
미처 몰랐던 것입니다.
갚아야 할 빚 걱정보다는 남편이 사실대로 말해주지 않은 것이
원망스럽고 화가 나고 실망스러웠습니다.
자기를 속인 것이 분명했습니다.
남편은 미안하다는 말조차 없습니다.
자기가 다 갚을 것이라고 되레 큰소리를 칩니다.

아내가 과외도 하고 함께 힘을 합해 3년 만에 은행 빚을 갚습니다.
빚에서 벗어난 아내는 아주 기뻐합니다. 그런데 이게 웬일입니까?
그동안 남편이 자기 몰래 주식을 하다가 빚이 1억이 되어 있었습니다.
어떻게 이럴 수가 있느냐고 물으니 빨리 빚에서 벗어나
아내를 고생시키지 않으려고 그랬다는 것입니다.

아내를 사랑해서 그랬다는 것입니다.

그 후에도 남편은 부동산을 하고 경매를 합니다.

그런데 빚은 늘어만 갑니다. 이렇게 살다가는 평생 빚 속에서

살 것이 뻔합니다. 결국 그녀는 이혼을 결심합니다.


울산에 사는 40대 후반의 고등학교 선생님이 계십니다.

어느 날 아내에게 빚이 있다는 사실을 알게 됩니다.

아내가 돈을 어디에 사용했는지를 알아봅니다.

사치를 하는 것도 아니고,

어디에 투자를 하다가 손실을 본 것도 아니고,

친정에 돈을 가져다준 것도 아니고,

알고 보니 옛 친구들이나 이웃들이 어렵다고 하면

그냥 돈을 빌려준 것입니다.

빚을 내서까지 돈을 빌려주었습니다. 이자도 대신 물어주었습니다.

그리고는 상대방이 돈을 주면 받고, 안 주면 안 받고.

그러다가 어느 날 보니 빚이 엄청나게 불어 있었습니다.


두려워서 남편에게 말도 못합니다. 돈 걱정 때문에

위장병에 걸리고 두통에 시달리고 몸은 말라 비틀어져 있었습니다.

아내에게서 모든 경제권을 인계받습니다.

아내에게 일주일 단위로 용돈을 주고 가계부를 쓰게 하고

그 한도 내에서만 사용하게 합니다.

어느 날 아내가 와서 고백합니다.

지금 자기는 너무 편하다고요.

이제 돈을 봐도 불안하지 않다는 것입니다.


부부가 함께 산다는 것은 돈을 함께 벌고 함께 쓴다는 뜻입니다.

그래서 부부라면 돈을 서로 다 나누어야 합니다.

또 부부는 서로 공평하게 써야 합니다.

돈에 대해서 부부는 서로 감추는 점이 있어서는 안 됩니다.

동기야 어떻든 말을 하지 않는 것은 곧 속이는 것입니다.


돈은 마음입니다.

돈이 있는 곳에 인간의 마음도 있다고,

돈을 어떻게 벌고 쓰느냐가 바로 그가 사는 삶입니다.

## 상대를 가르치려 해서는 안 됩니다

남편이 영 마음에 차지 않습니다.

교양도 없고 품위도 없습니다.

쪼잔하고 무식하고 게으르기까지 합니다.

아내는 어떻게든 자기 남편으로 만들려고 이리저리 가르치고

요모조모로 노력에 노력을 합니다.

그럴수록 남편은 처음에는 하는 척하다가 금세 다 그만둡니다.

아버지 학교도 보내봅니다. 집단 상담도 보냅니다.

옷도 골라서 입힙니다. 뮤지컬도 가고 극장도 갑니다.

책도 읽으라고 살며시 책상에 책을 바꿔가며 놓아줍니다.

말씨도 고쳐줍니다. 자녀들 앞에서 핀잔을 주면서까지

거듭 가르치고 훈련하고 만듭니다. 자기 남편으로.

그래도 남편은 고쳐지지 않습니다. 잔소리가 갈수록 늘고

불평이 커집니다.

이제는 자식들까지 엄마 편입니다.

아빠는 왜 그래요? 제발 엄마 말 좀 들어요!

그런데 어느 날 남편의 낌새가 영 이상합니다.

그렇게 말해도 하지 않던 샤워도 자주 하고 옷도 직접 챙깁니다.

알아보니 바람이 난 것이었습니다.

세상 남자들이 다 바람이 나도 자기 남편은 절대

바람 같은 것은 피우지 않을 줄 알았는데.

대놓고 물어봅니다. 남편을 쥐 잡듯이 몰아댑니다.

그러자 남편이 고백합니다. 자기한테 사랑하는 여자가 생겼다고.

그런데 남편의 태도가 여태껏 한 번도 보지 못한 모습입니다.

아주 당당하기까지 합니다.

놀라고 화가 머리끝까지 치민 아내는 기가 막혀

말이 나오지 않습니다.

그러면서 누가 이 사실을 알까 봐 속을 태웁니다.

고민 고민 끝에 아내는 여자를 찾아갑니다.

여자를 본 아내는 흠칫 놀라고 맙니다.

자기가 보기에 너무나도 허술한 아줌마였던 것입니다.

그것도 식당에서 일하는, 몸도 퍼진 50대 아줌마였습니다.

아내는 더 화가 나고 창피했습니다.


남편을 불러서 물었답니다.

바람이 나도 어떻게 그런 여자하고 바람이 나?

왜, 그 여자가 어때서? 그 여자 정말 따뜻하고 나를 너무나

편하게 대해주는데. 결혼 20년 동안 당신한테는 그런 걸

한 번도 못 느꼈거든. 당신은 늘 나를 가르치려고 했잖아.

당신은 늘 나를 못마땅해 했잖아.

나는 당신 앞에만 서면 주눅이 들어.

이젠 자식들까지 무시하고. 잘사는 것, 나 이제는 싫어.

노력해 봤는데, 난 아니야. 나는 원래가 촌놈이야.

나 그냥 촌놈으로 살기로 했으니까, 제발 나 좀 놔줘.


배우자의 외도는 부부 사이에 늘 존재해 온 불만스러운 관계나

방어적인 관계가 드러나는 하나의 증상일 뿐입니다.

그 부인이 제게 항변을 합니다.

너무나 억울하고 창피하다는 것입니다.

선생님, 어떻게 그럴 수가 있어요? 그럴 수 없는 거죠?

그러고는 흐느낍니다. 소리도 크게 지르지 못하고 욕도 못합니다.

그렇게 망가지는 것은 자기 품위를 떨어뜨리는 일이라서

그런 일은 있을 수도 없고 있어서도 안 되기 때문입니다.

울어도 아주 분위기 있게 웁니다.

한참을 그렇게 울고 난 부인에게 제가 이렇게 말했습니다.

남편을 그 여자에게 보낸 것은 바로 당신이에요.


제가 부인에게 더 말했습니다.

더 억울하고 분한 것은 남편이 전혀 죄책감을 느끼지 않고

오히려 더 당당하게 나오기 때문이지요?

예, 맞아요, 선생님. 어떻게 그럴 수 있는 거죠?

그럴 수 있습니다. 결혼하고 내내 당신한테 끌려 다녔는데

아내가 자기에게 끌려오는 모습을 남편은 지금 처음으로

경험하고 있는 것입니다.

그래서 남편은 지금 아주 통쾌하고 힘을 느끼고

남자다움을 맛보고 있습니다.

이제는 자신의 감추고 싶은 나약한 모습을 더 이상

아내에게 보여주지 않고 있다는 안도감마저 느끼고 있는 것이지요.


그 부인 앞에 남편 대역자를 세우고 눈을 보게 했습니다.

그리고 하고 싶은 이야기를,

지금 올라오는 이야기를 하라고 했습니다.

여보, 미안해요. 나 당신이 그렇게 힘들고 외로운지 몰랐어요.

나를 용서해 주세요. 이제 나 어떻게 하면 좋아…….

그러더니 흐느끼며 웁니다.

드디어 가슴에 맺힌 슬픔과 원한을 터뜨립니다.

아예 엉엉 목을 놓아 웁니다.

고고하고 아름다운 프시케가 무너지고 있는 것입니다.

그렇게 부인에게서 소녀 같은 단정한 모습이 사라지고

중년의 성숙한 모습이 나옵니다.

그 울음에 여자들이 다 나와서 부둥켜안고 함께 웁니다.
남자들은 구석에서 고개를 숙이고 흐느끼며 웁니다.


이런 인간의 울음을 신은 가장 부러워한다지요.
이런 삶의 순간이 있어 사람이 됩니다.
마지막으로 이렇게 고백하게 했습니다.


당신은 나의 학생이 아니고 남편입니다.
나는 당신의 아내입니다.
나를 당신의 아내로 받아주세요.
나도 당신을 남신男神으로, 남편으로 받아들입니다.
이제부터 저를 가르쳐주세요. 제가 배우겠습니다.

## 사람을 변화시키는 것은 충고가 아닙니다

남편들이 제일 싫어하는 것 중의 하나가 아내의 충고입니다.
남편을 가르치려드는 것이지요.
부부는 가르치려 해서는 실패합니다.
충고하려 해서는 낭패를 보게 되지요.
남자들이 여자인 아내에게서 원하는 것은 가르침이나
충고가 아니라 칭찬, 신뢰, 찬미, 격려이거든요.
여자들이 남자인 남편에게서 원하는 것이 옳다 그르다는
판단이 아니라 이야기 잘 들어주기인 것처럼 말입니다.
부부는 그렇게 서로 다르답니다.

아내가 남편을 변화시키려 할 때 남편의 반응은
대체로 두 가지입니다.
하나는 완강하게 저항하는 스타일입니다.
다른 하나는 그냥 아내 말대로 하기는 하지만
다시 원점으로 돌아가는 것입니다.
그렇게 해서 결국은 아내의 충고가 틀렸다는 것을

아주 보기 좋게 입증하는 것이지요.


아내가 어디 가봐라, 어떤 책을 읽어보라고 하면
남편은 자기를  고장 난 물건으로 취급하고 있다고 생각하게 되고,
그때 남자들은 상처를 크게 받습니다.
내가 그동안 아내로부터 신뢰를 받지 못하고 있었구나 하며
절망합니다. 사람들이 대개 그렇지만 특히 남자들은 더합니다.
자신이 무엇이 부족한지, 자신이 무엇을 모르고 있는지,
무엇이 불완전한지에 상관없이 우선은 있는 그대로,
지금 모습 그대로 인정받고 싶은 욕구가
남자들에게는 아주 강합니다.


남편을 변화시키는 길은
남편을 변화시키겠다는 의도를 내려놓는 데서부터 시작됩니다.
남편이 변하면 내가 편하고 가족이 행복하겠다는 생각을 하지만,
남편은 아닙니다. 자기는 지금 이대로도 별로 불편한 것 없고,
뭐 그런 대로 그냥 좋습니다.
그런 남편한테 당신은 변해야 한다, 당신은 이미 고장 난 존재다,
하고 말하니 얼마나 화가 나고 상처를 받겠습니까?


사랑에는 기술이 필요합니다.

목도리 하나를 하는 데도 여러 가지 요령이 있지요.
하물며 부부가 사랑하는 일에, 부부가 평생을 함께 사는 일에
얼마나 많은 요령과 기술과 비법이 있겠습니까?

남편의 성장을 위한 최상의 방법은
어떤 식으로든 변화시키겠다는 생각부터 버리는 것입니다.
충고하거나 가르치려 해서는 아무 효과가 없습니다.
남편들은 반발하거나 아내의 말을 들어주는 척하다가
원점으로 돌아가 아내에게 낭패감을 맛보게 함으로써
복수할 것입니다.

지혜로운 여자들은 압니다.
남자들, 남편들은
칭찬에, 찬양에 약하다는 것을.

## 맞고 산다고요?

죽어버리고 싶습니다.

산다는 것이 이런 것이라면 차라리 죽는 것이 낫습니다.

깊은 우울과 좌절에 한숨만 짓습니다.

생에 대한 의욕이 별로 없습니다. 화도 못 내고 울기만 합니다.

거의 멍한 상태입니다.


여자는 경제적으로도 여유 있고 평화로운 가정에서

행복하게 자랐습니다. 대학을 졸업하고 직장 생활을 하다가

어렸을 때부터 다니던 교회에서 만난 한 남자와

연애를 하게 됩니다. 그 남자와 결혼을 하겠다고 하니

집안에서 난리입니다. 반대에 반대입니다.

우리가 그 집을 안다, 그 집으로 시집가는 것은 안 된다,

시집을 가면 너는 그 남자하고만 사는 것이 아니란다.

부모님은 절대 반대입니다. 끝내 결혼 전에 임신을 하게 되고

결국은 그 집으로 시집을 갑니다. 그런데 이게 뭐란 말입니까?

신혼여행에서 돌아오자마자 시어머니의 반응이 싸늘합니다.

너희 집이 뭐가 대단해서 우리 집을 무시하느냐며
꼬치꼬치 따지고 윽박지릅니다. 시동생들도 가세합니다.
퇴근한 남편에게 이런 이야기를 하자
남편도 처갓집에서 상처를 입었다고 분풀이를 합니다.
결국은 부부 싸움을 하게 되고 여자는 남편에게 손찌검에
발길질까지 당합니다.
너무 서러워 당장 친정으로 달려가 일러바치고 돌아가고 싶지만
그렇게 반대하는 결혼을 했고 잘사는 것으로 보답하려 했는데
그렇지 못한 모습을 보여주고 싶지 않습니다. 참고, 참고 삽니다.


남편의 구박과 구타는 더 심해져만 갑니다.
게다가 외도까지 일삼습니다.
그것이 일상이 되었고, 내 운명이려니 하며 살았습니다.
그 누구에게 한 번 털어놓지도 못하고요.
여자는 50이 아니라 60대 중반처럼 보였습니다.
괴롭고 힘든 것을 기도로는 말을 해보았지만,
사람들 앞에서 이렇게 자기를 꺼내기는 처음입니다.
떨면서 말합니다.
이야기를 하다가도 이렇게 해도 되느냐고 묻습니다.
이야기를 다하고는 그만 울음을 터뜨립니다.
그때부터 이 여자에게 어떤 힘이 찾아옵니다.

아주 적극적으로 수련에 참여합니다.

그러다가 마침내 자기가 원하는 것을 알아냈습니다.

그것은 이혼이라는 것을, 이렇게 살다가 죽을 수는 없다는 것을,

자기는 간절히 살고 싶다는 것을.


집에 돌아간 여자는 공손하면서도 아주 당당하게 말합니다.

이혼하겠다고, 이제 매를 맞고 살지 않겠다고,

내 몸에 한 번만 손대면 경찰에 즉시 고발하겠다고 엄포를 놓습니다.

그리고 그동안 잘못한 것들에 대해 용서를 빌라고 합니다.

이혼해 달라는 것도 아니고 자기가 이혼하겠다며,

그리 알라고 일방적으로 선언을 합니다.


저는 그분에게 지금이 어느 시대인데 매 맞고 사느냐,

그 매는 스스로 자초한 것이다,

법이 보호해 주고 세상이 지켜보고 있으니

이제부터 한 대도 맞으면 안 된다고 말해주었습니다.

나는 이제 매 맞는 여자가 아니라고 큰 소리로

외치고 다니게까지 했습니다.

거울 앞에서 자기 얼굴을 보면서 선언도 했습니다.


남편이 얼마나 놀랐겠습니까?

자기 아내가 어디 며칠 다녀와서는 안 하던 짓을 하면서

아주 잘해주는가 싶더니 갑자기 이혼을 하자고 하니 말이에요.

술을 먹고 제 사무실로 항의 전화를 합니다.

거기가 뭐 하는 곳이냐, 이혼을 가르치는 곳이냐며

고래고래 소리를 지릅니다. 갖은 욕설을 퍼붓습니다.


6개월 후쯤 남편이 저에게 왔습니다.

그 후 남편에게 변화가 일어났습니다.

남편이 고백합니다.

어떻게 한번 화가 나서 구타를 하다 보니

그다음부터는 쉽게 쉽게 주먹질이 발길질이 가더랍니다.

그런 후에는 후회를 하고 다시는 때리지 말아야지

결심도 수없이 했지만 그것이 그렇게 안 되더랍니다.

그러면서 말합니다.

아내가 이곳을 다녀오고 나서 그냥 가만히 안 맞더랍니다.

거침없이 대들고, 때리고, 던지고 바락바락 악을 쓰고 대드는데

처음엔 얼마나 놀랐는지 몰랐답니다. 이제는 오히려

자기 아내가 무섭고 주먹이 나가다가도 무서워서 못 나간답니다.

고백을 듣고 있던 여자들이 박수를 칩니다.

박수가 끝나자 한 중년 여자가 일어나서 말합니다.

자기도 병신 같아서 매 맞고 살았는데 이제 남편들에게

매 맞고 살지 말자고 외칩니다.
그러자 여자들이 우르르 나옵니다.
서로 부둥켜안고 웁니다.

정말 어느 시대인데 매 맞고 삽니까?
처음을 허용하면 안 됩니다.
화를 내고, 대들고, 자기를 자기가 보호해야 합니다.
힘이 부족하면 이웃, 사회, 법의 힘을 빌려서라도요.
그렇게 울고 난 여자들이 일어나서 남자들을 향해서 하던 말들이
기억에 생생합니다.
우리 이제는 안 맞습니다. 한 대도 안 맞습니다.
우리 여자들을 한 대만 때렸다가는 우리 모두가 쫓아가서
죽여버릴 것입니다.

우리가 또 알아차려야 할 것은
아버지가 어머니를 때리는 것을 보고 자란 아이들은
그 어떤 형태로든 자식들에게 상속한다는 것입니다.

## 내가 왜 유방암에 걸린 줄 아세요?

40대 초반의 한 여성이 울먹이며 고백합니다.
저한테 왜 유방암이 왔는데요? 다 그 인간 때문이라고요.
그 인간 나하고 결혼하고 따뜻하게 안아준 적이 없습니다.
언제나 짜증이고 화를 내고 소리 지르고 걸핏하면
이혼하자고 하고요. 그러니 내가 암이 안 걸리겠어요?

대개 유방암이 걸린 여자들의 부부 관계를 보면
공통점이 있습니다.
여자가 화를 잘 내지 못하고 삭이는 형인 반면에
남편은 쉽게 화를 내고 쏟아붓는 형입니다.
또 성관계가 원만하지 않습니다.
그러니 남편이 유방을 자주 만지거나 애무해 주지 않습니다.
유방을 자주 만져주고 사랑으로 애무하면
유방암에 걸릴 확률이 낮다는 설도 있지요.
부부도 관계이다 보니 지내다 보면 서로 소리를 지르기도 하고
싸우기도 하고 냉전도 겪게 됩니다. 아주 자연스러운 현상입니다.

그런데 그렇게 소리 지르고 싸워야 할 때 무조건 피하거나
아닌 척하거나 접어두는 사람들이 있습니다.
이렇게 하면 우선은 편합니다.
또 그렇게 해야 큰 사단이 나지 않을 수 있겠지요.
일시적으로나 단기적으로는 평온한 것 같지요.
하지만 긴 안목으로 보면 역효과를 가져오고 맙니다.
그렇게 하면 부부 관계에 진보가 없습니다.
속에서 병이 일어납니다. 정직한 의사소통이 일어나지 않으니
서로 가짜가 되기 시작합니다.
결국은 여자 쪽에서 먼저 일이 터집니다.
위장병이나 우울증, 유방암에 걸립니다.
물론 이런 병들의 원인이 다 부부 관계가 잘못되어서
그렇다는 이야기는 결코 아닙니다.


다른 사람과 함께 목욕을 하지 못한다는 여성이 있습니다.
그래서 공중 목욕탕에 가지 않는다는 것입니다.
알고 보니 유방암으로 절제 수술을 받아 가슴이 없다는 것입니다.
그동안 사람들이 있는 곳, 함께 목욕하는 자리에는
가지를 않았다는 것입니다.
그러자 한 남자가 나서서 말합니다.
가슴 없는 것이 뭐 어떻습니까?

그러자 한 여자가 나서서 아주 큰 소리로 말합니다.
당신 그거 알아? 여자들에게 가슴이 없다는 것은
남자들에게 성기가 없다는 거야!
그러자 장내가 물을 끼얹은 듯 아주 조용합니다.

그런데 이런 여자도 있습니다.
장애인인데 절제된 가슴을 그대로 드러내고
남들과 함께 목욕을 합니다.
저는 이것이 건강한 모습이라고 생각합니다.
이제 자기는 감추지 않고 싸우고, 피하지 않고 말하고,
눈치 보지 않고 춤춘다고 말합니다.

## 의심하는 고통, 의심받는 고통

대기업 중견 간부로 아주 잘나가는 남자가 있습니다.

그런데 늘 부인이 걸립니다. 부인이 시도 때도 없이

전화로 확인을 합니다.

자기 지금 어디 있어? 누구하고 있어? 나는 자기밖에 없어, 알지?

신혼 초에는 사랑이고 관심인 줄 알았는데,

이제는 이것이 고통이 되어버렸습니다.

친구에게 호소하니 의부증이라고 합니다. 병원에도 가보지만

별로 효과가 없습니다. 오히려 갈수록 심해집니다.

혹시 자리에 없어서 전화라도 받지 못하면 부서 곳곳으로

전화를 해서 자기를 찾습니다. 자동차 안을 둘러보고

와이셔츠에 코를 대고 냄새를 맡기까지 합니다.

마침내 남자는 이혼을 결심합니다.

그런 중에 신입사원 면접시험 심사위원이 됩니다.

회사에서 내려온 면접 기준표에서 이런 항목을 발견합니다.

부모님이 이혼한 사람은 뽑지 않습니다.

내가 이혼을 하면 예쁜 딸들이 이런 회사에 입사를 못하게

되는구나 하는 생각에 참고 살기로 결심합니다.

해외 근무를 하면 괜찮아지겠지 해서 해외 근무도 해봅니다.

나이가 들면 좋아지겠지 해도 나이와 별로 상관이 없습니다.

아내의 의부증은 갈수록 심해집니다.


의처나 의부의 원인을 따져 들어가면 한이 없지만,

결국은 사랑받고 싶다는 것입니다.

그 사랑을 확인하는 것이 심할 뿐입니다.


남자에게 당신이 가장 원하는 것이 무엇이냐고 물었습니다.

아내의 의부증을 고치고 온 가족이 행복하게 사는 것이라고 합니다.

그래서 제가 그랬습니다.

그렇다면 쉽습니다. 당신이 원하는 대로 됩니다.

우선은 당신이 아내를 의부증 환자로 보지 말아야 합니다.

신혼 초에 그랬던 것처럼 아내가 나를 아주 사랑하는구나,

이렇게 생각해야 합니다. 지금부터 당신이 먼저 전화를 걸고

어디서 누구와 무엇을 하는지를 먼저 알려주세요. 그것도 아주 자주.

그리고 일주일에 꼭 두세 번은 아주 정성을 다해서

잠자리를 가지고 사랑한다고 자주 말해 주세요.


아내가 저를 만나러 왔습니다.

남편이 언젠가는 자기를 버리고 꼭 떠날 것 같다고 합니다.
그래서 자기는 늘 불안하답니다. 깊은 잠을 잘 수도 없답니다.
내 남편을 내가 믿어야지 누가 믿어, 하면서
수없이 다짐에 다짐을 하지만 한번 의심이 들어오면
자기는 아무것도 할 수가 없다고 합니다.

어느 교회 목사 사모님은 자기 남편이 다른 여자 집사하고
친근하게 말하는 것도 불안해합니다.
그래서 새벽 기도에도 자기 기도를 하기 위해서가 아니라
남편을 감시하기 위해서 나갑니다.
밥이 끓고 있는데도 남편이 심방을 간다면 따라나섭니다.

의처든 의부든 이들의 공통점은
버림받을지 모른다는 두려움을 안고 있다는 것입니다.
아내에게 원하는 것이 무엇이냐고 물었더니
남편과 잘사는 것이라고 했습니다. 그래서 그랬습니다.
아주 쉽습니다. 하고 싶은 일을 찾고, 만나고 싶은 사람들을
만나세요. 남자 동창도 만나고, 모임도 하고, 운동도 하면서
어울리세요.

아내의 외도를 알게 된 한 남자가 있습니다.

그때부터 남자는 아내에 대한 분노와 더불어
아주 심한 의심으로 인해 직장에서 일을 하지 못할 지경입니다.
아내가 눈에 보이지 않으면 불안합니다.
자다가도 아내가 옆에 있는지를 확인하는 자신이
너무나 싫고 초라합니다.
그렇지만 아내를 의심하는 자기를 어떻게 할 수가 없습니다.
그래서 아내가 자기 것임을 확인하고 불안을 넘어서려고
성관계를 원합니다. 그런데 아내가 거절을 합니다.
선생님, 저 좀 어떻게 해주세요. 제가 왜 이런 몹쓸 병에 걸렸을까요?
선생님이 하라는 대로 다 할게요. 눈물로 호소를 합니다.


이 정도로 자기를 열고 말하는 의처증 환자도 정말 드뭅니다.
거의가 자기는 문제가 없고 다 아내 잘못이라고 생각하고,
숨기고 감추고 절대로 사실대로 말하지 않습니다.
아내가 혹시 밖에 나가 자신의 상태를 누구에게 말할까 봐
불안해하고 두려워합니다. 밑마음은 부끄러움입니다.
이런 사람들은 병원에 가보자고 해도 듣지 않고
상담을 함께 받아보자고 해도 거절합니다.
그런 사람들은 정말 고치기가 어렵습니다.
평생을 안고 갑니다.
의처증이나 의부증은 따로 약이 없습니다.

최고의 약은 부부가 눈을 자주 보는 것입니다.

아주 오래 깊게요.

특히 성관계를 하면서 눈을 보는 것입니다.

서로의 눈빛을, 눈의 빛을 보는 것입니다.

그러면서 알게 됩니다.

서로가 얼마나 사랑하고 있는가를.

서로가 얼마나 믿고 싶은가를.


우리는 모두 이렇게 누구나 조금씩 다 부족하고

그래서 사랑으로 채워가고 싶어 합니다. 사랑을 주고 싶어서,

사랑을 받고 싶어서. 그래서 우리 모두는 조금씩

아내를, 남편을 의심합니다.

적당한 의심은 부부 관계의 활력입니다.


의처, 의부는 부부가 함께 노력을 해야 고칩니다.

한 사람의 노력만으로는 정말 어렵습니다.

무슨 약이 있는 것도 아니고요.

부부로서 의심하는 사람은 의심하는 사람대로의 고통이

의심받으면 의심받는 사람대로의 고통이 있습니다.

서로가 나 때문입니다, 제가 잘못했습니다, 용서해 주세요,

사랑합니다, 이런 자세로 나아가면 부부가 화합할 수 있습니다.

그런데 자기의 상태를 감춘 채 누구에게도 말하지 않고
자기 문제를 상대에게 넘기고 상대를 탓하는 한은
지옥도 그런 지옥이 없습니다. 더구나 이런 남자나 여자는
이혼도 안 해줍니다. 끝까지 아주 교묘하게 괴롭힙니다.
의심에서 오는 시나리오는 정말 상상을 초월합니다.
그 쉬운 믿음이 이들에게는 그렇게 어렵습니다.

큰 운명은 사람들을 이렇게 저마다 한 가지씩의 약점을 가지고
살게 합니다.
그것을 통해서 우리는 사람이 되고 내가 되어갑니다.

# 남편을 정죄하면 다시 돌아오지 못합니다

남편의 외도에 분노로 가득한 여자를 만납니다.

그렇게 미우면 이혼하시지 왜 그렇게 살아요?

자식들이 있는데 어떻게 이혼해요?

자식들은 핑계고요, 솔직히 말해 봐요. 그렇게 미워하면서 사는 게
몇 년째인데요?

3년요.

힘드시지 않아요?

힘들지요. 그래서 왔지요.

잘 들으세요. 자식은 핑계고요. 무능해서 이혼도,

용서도 못하는 거예요. 무능해서요.

제가 무능하다고요?

무능하지요. 3년간 아무런 진보가 없잖아요.

3년간 같은 방법만 쓰시잖아요. 아무런 효과도 없는 방법을요.

얼마나 더 멍청해요. 진정으로 원하는 것은 뭔데요?

이혼 안 하고 잘사는 거지요.

그런데 그렇게 살고 있지 않잖아요.

원하지 않는 삶을 계속 살고 있잖아요.
원하는 삶은 오히려 밀어내면서요. 그동안 어떻게 하셨지요?
남편이 가까이 오면 더럽다고 밀어냈습니다.
아니 그렇게 말을 했습니다. 밥도 차려만 주고 혼자 먹게 했습니다.

이때 남자들은 아주 큰 상처를 받습니다.
자기 잘못을 느끼고 용서를 빌다가도 이렇게 거절을 당하고 나면
남자들은 굴욕감 때문에 반항아가 되어 더 바람을 피우거나
아주 무력감에 빠져서 우울증에 시달리고 쓸쓸함에
남자로서의 기운을 다 잃어버립니다.

이혼을 하지 않고 함께 살려는 생각이 있는 한은
남편을 용서하고 받아들여 주어야 합니다.
오히려 우리 남편은 바람피운 적이 없다 하고
영혼의 눈으로 보아주고 받아주어야 돌아옵니다.
외도한 남편이 아니라 그것을 용서하지 못하는 자신의 것으로
문제를 돌릴 때 그 문제는 바로 풀리고, 그 문제를 풀면서
서로의 영혼이 커가고 관계도 새로워지게 됩니다.

부부, 서로의 실수를 얼마나 안고 사는가를 배우는
지구 최고의 학교입니다.

서로의 허물을 기억치 않는 것을 우리는 사랑이라고 합니다.
큰 실수는 큰 사랑을 배우게 합니다.
이 부인은 집에 돌아가서 외도한 남편에게
자기가 미안하다고, 오히려 자기가 잘못했다고,
자기를 용서해 달라고 고백을 합니다.
그것도 울면서요.
이런 진정을 맛본 여인은 복이 있는 사람입니다.


삶은 풀어야 할 문제가 아니라
경험해야 할 신비입니다.

## 그래, 병신하고 살아준다 이거지?

장애인을 남편으로 둔 아내가 있습니다.

가슴속에 서러움과 원망, 슬픔이 가득합니다.

신혼 초부터 싸우거나 술에 취했을 때 남편이 하는 소리가 있습니다.

그래, 병신하고 살아준다 이거지?

너, 나 무시하지 마. 나 무시했다가는 죽여버린다.

결혼 20년이 넘었는데 똑같다는 것입니다.

이제는 자식까지 부모한테 욕을 하며 대들고,

사는 것이 너무 힘들고, 살고 싶지 않다고 합니다.


장애인과 결혼하는 사람을 보면

자기 집안에 장애인이 있는 경우가 많습니다.

몸이 성한 감사함이나 미안함을 그렇게 보상하려는 것이지요.

아니면 일반 사람들과 관계가 어려운 사람이 장애인을

배우자로 선택합니다. 상대의 장애가 그 사람을 열어주어 닫혔던

관계를 열어주기 때문입니다.

남편을 만나게 해달라고 했습니다. 그리고 남편에게 말했습니다.

아내가 고맙지 않습니까?

장애를 가진 자기와 결혼해 준 것이 정말 고맙지 않느냐고
물었습니다. 그랬더니 고개를 떨구고 눈물을 흘립니다.

떨리는 목소리로 말합니다.

그럼요, 고맙지요.

그런데 말이 마음같이 안 나가고 늘 반대로 나갑니다.

아내가 나를 동정해서 살아주는 것 같고…….

아내가 자기를 버리고 떠날 것 같다고 합니다.

아기를 낳아도 불안하고. 그래서 술만 먹으면 화가 나서
자기도 모르게 그런 억지소리를 하고, 그러고 나서는 후회하고,
그렇게 20여 년을 살아왔다는 것입니다.


아내 대역자를 앞에 세웁니다.

조금 떨어져서 서로 눈을 보게 합니다.

그리고 마음에서 올라오는 대로 고백하게 합니다.


장애인인 나를 남편으로 받아주어서 참 고맙습니다.

뻔뻔했던 그동안의 나를 용서해 주세요. 정말 미안합니다.


아닙니다. 당신은 내 남편으로 조금도 부족함이 없습니다.

나에게는 당신만이 내 남자랍니다.

맺혔던 관계가 풀립니다. 회복이 일어납니다.

장애를 가진 사람은 자기가 수혜자임을 알아차려야 합니다.

직장 생활에서도 그렇습니다.

자기의 불편을 누군가가 도와주고 있다는 사실,

그 사실을 기억하면서 감사의 마음으로 살게 되면

장애인으로 인해서 가족과 회사가 오히려 더 자애로워지게 됩니다.

사랑을 배우는 기회가 되기 때문입니다.

장애를 갖고 있으면서도 감사를 모르고 억지를 부리는 경우에

자녀들이 반항아로 크거나 아예 마음의 문을 닫고

자폐성 있는 아이로 자라날 수 있습니다.

아이들로서는 어른들의 그 뻔뻔함이 이해가 되지 않는 것입니다.

그래서 아이들이 화가 나거나 너무 답답해서

말이 나오지 않는 것입니다.

이런 경우에도 부부 관계가 풀리면 자연

자녀들에게 회복이 일어납니다.


자녀들이 그렇게 된 것은 다 이유가 있습니다.

부모님들이 거의 다 그렇게 가르친 것입니다.

아니, 그렇게 되도록 이미 다 보여준 것입니다.

## 상대의 비밀을 알려고 하지 말아야 합니다

아내가 초등학교 동창회에 다녀오고 나서부터 모습이
여러 가지로 바뀝니다.
화장하는 시간이 길어지고 옷을 입는 것이 전과 같지 않습니다.
핸드폰을 자주 들여다봅니다. 외출도 잦아집니다.
그런 아내를 의심하는 자신이 영 마음에 들지 않습니다.
술과 골프로 달래보지만, 아내가 지금 누구를 만나고 있을까 하는
생각에서 벗어날 수가 없습니다. 이런 자신이 싫습니다.
하루는 아내에게 다그쳐 묻습니다.
당신 요즘 누구 만나지? 만나고 다니는 놈이 누구야?
아내는 대꾸도 하지 않고 방으로 들어갑니다.
방으로 따라가서 화를 내며 다시 큰소리로 묻습니다.
아내는 당신답지 않게 왜 그러느냐며 한마디로 뭉개버립니다.
아내에 대한 의심이 더해만 갑니다. 불면증에 시달립니다.
끝내는 아내의 통화 내역을 조사합니다. 한 사람과 통화한 내역이
줄줄이 나옵니다. 부들부들 떨립니다. 알아보니 수영장 코치의
전화번호입니다. 달려가서 수영장 코치를 때리고 돌아옵니다.

집으로 돌아와 아내에게 따져 묻습니다.

내가 다 알고 있다, 너 누구하고 바람이 났는지 다 알고 있다,

그러니 말해라.

아내는 이제 마지막이라는 듯 담담하게 말합니다.

당신이 알고 있는 그대로다, 사실이다, 이제 당신이 하고 싶은 대로

해라, 당신 처분만 기다린다.

그러고는 집을 나가 돌아오지 않습니다.

그런데 이게 웬일입니까? 그렇게 사실대로 알고 나면 시원해지고

문제가 해결될 줄 알았는데, 오히려 마음이 더 무거워지고

더 힘이 듭니다.

아내는 돌아올 생각을 하지 않습니다. 문제는 더 커져버렸습니다.

자기가 나에게 용서를 빌어야 하지 않습니까?

요즘은 거꾸로 되었습니다. 내가 아내한테 용서를 빌러 다닙니다.

제발 집으로 돌아와 달라고요.  요즘 이렇게 비참하게 삽니다.

제가 이렇게 사는 거 아무도 모릅니다.

그렇게 고백을 하면서 눈물짓던 남자의 모습이 선합니다.


다른 이야기입니다.

남편의 핸드폰을 보게 됩니다. 오고 간 문자를 보고 깜짝 놀랍니다.

젊은 여자와 다정하게 사랑을 나눈 내용들로 가득합니다.

며칠을 가슴 졸이다가 어느 날 저녁에 말을 꺼냅니다.

당신 내가 다 알고 있다. 그러니 솔직하게 말해. 요즘 어떤 년하고
바람이 났지? 말하라니까?
그렇게 다그치니까 남편이 정색을 하고 말합니다.
그래, 다 이야기해 줄까?
그런데 막상 다 얘기해 준다고 하니까 겁이 덜컥 나더랍니다.
그래서 하지 말라고 했답니다. 그런데 결국 알고 싶어서 그 여자를
만났답니다. 그래서 내가 물었습니다.
그렇게 알고 나니 마음이 편해졌느냐고요. 아니라는 것입니다.
알고 나서부터 오히려 확인하기 전보다 더 마음이 무거워지고
힘이 들더라는 것입니다.

결혼한 후에 아내나 남편에게 다른 남자, 다른 여자가
혹 생길 수 있습니다.
이때 그 낌새를 알아차리고 핸드폰을 뒤지고 뒤를 쫓아
조사를 하고 돈을 주고 사람을 사서까지 알아냅니다.
어떤 이는 현장을 덮치기도 합니다.

이혼을 하려는 마음이라면 모르지만 그렇지 않다면 이는 잘못된
행동입니다. 이렇게 알고 나면 아는 사람의 몫으로 남고 맙니다.
그동안 꼭꼭 감추고 싶은 비밀이었습니다.
부끄럽고 두려워서 누구도 몰래 한 일입니다.

그런데 그것을 들키고 이제는 고백까지 해버렸으니
이제 당사자는 될 대로 되라입니다. 더 이상 감출 것이 없으니
오히려 그 사람은 몸과 마음이 가벼워집니다.

잘못한 사람, 죄 지은 사람은 편해지고 거꾸로 이제는
바람피우지 않은 사람이 힘이 들고, 어려워지고, 복잡해집니다.
고백을 받음으로써 그 책임을 자기가 지게 된 것입니다.
부끄러움을 들킨 사람은 오히려 그 책임에서 벗어나게 되고요.

비밀은 서로가 지켜주어야 합니다. 부부 사이는 더욱 그렇습니다.
설사 그런 낌새가 있다 해도 그냥 지나가도록
잠시 눈을 감아주어야 합니다. 그렇게 허물을 덮어주고
나약함을 참아주는 것이 사랑입니다. 그런 사랑은 힘이 있습니다.
외도하는 상대를 다시 돌아오게 합니다.

그런데 남편의 외도를, 아내의 바람기를 여기저기 돌아다니면서
떠들어대는 사람이 있습니다. 이렇게 흉을 보고 다니는 것은
결국은 자기 상대를 그쪽으로 밀어내는 것이 되고 맙니다.
오히려 이렇게 고백을 할 때 바람이 난 아내나 외도를 하는 남편을
돌아오게 할 수 있습니다.

당신을 지켜주지 못해서 미안합니다.

당신을 방황하게 해서 정말 미안합니다.

당신은 아무 잘못이 없습니다.

그 일에 대해서는 내가 다 책임을 집니다.

당신을 아프게 해서 당신을 볼 수가 없습니다.

용서를 빕니다.

그러고는 그 이야기를 다시는 꺼내지 말아야 합니다.

부부 싸움을 하다가 무심결에라도 다시 거론하게 되면

상대는 죄책감에, 수치심에 다시는 돌아오지 못합니다.

함께 산다 해도 이미 그의 가슴은 죽은 심장입니다.

형식적으로만 부부인 것이지요.


부부 사랑은 상대방의 허물을 기억하지 않는 것입니다.

허물을 덮어주는 사랑, 벗었으나 부끄럽지 않은 에덴,

그 에덴 회복이 부부 사랑입니다.

에덴은 어느 공간이 아니라 이런 삶의 차원을 말하는 것입니다.

## 자기 동굴로 들어간 남자를 구원하는 방법(1)　

남편에 대해 실망이 큰 40대 중반의 여자가 있습니다.

남편이 자신을 사랑하지 않고 육체만 좋아한다는 것입니다.

왜 그렇게 생각하게 되었느냐고, 무슨 일이 있었느냐고 물었습니다.

여자는 머뭇머뭇하더니 간신히 입을 뗍니다.

남편은 성관계를 하고 나면 신혼 초부터 지금까지 등을 돌리고

눕는다는 것입니다. 그때 자기는 버림받은 기분이고

얼마나 외롭고 쓸쓸한지 모른답니다. 어떤 날은 서글퍼서

눈물을 주르륵 흘린 날도 있었다면서 다시 눈물을 흘립니다.

그래서 남자들에게 물었습니다. 자기도 그렇다는 남자들이

아주 많았습니다. 그래서 또 물었습니다.

이런 경우에 여자들은 정말 서글프기까지 하냐고요.

그랬더니 정말 서글프기까지 하다는 여자들이 있었습니다.

실망스럽고 버림받은 기분이라고 고백들을 했습니다.


프로이트는 그랬답니다.

이때 남자들이 등을 돌리고 돌아눕는 것은

처음 여자에 대한 미안함 때문이라고요.
그래서 첫사랑, 첫 여자가 누구인가 했더니 바로 자기 엄마입니다.
그럴 수도 있고 그렇지 않을 수도 있습니다. 학설이니까요.
프로이트 생각이니까요. 하지만 남자들의 공통적인 성격 중의
하나는 자기 동굴로 들어간다는 것입니다.
그 동굴이 자기 엄마인 경우가 아주 많습니다.

부부 싸움을 하고 나면 도대체 말을 하지 않는 남자,
화가 나거나 기분이 언짢을 때 말을 하지 않는 남자,
직장에서 명퇴 위기의 스트레스를 받을 때에도 집에 와서
아무런 말을 하지 않는 남자, 힘이 들거나 부부 싸움을 하면
집을 나가는 남자······.
이들은 자기만의 동굴을 찾아가는 남자입니다.
그 동굴의 실체는 바로 자기 엄마이고 자궁입니다.
하기야 술이나 담배 등도 자기 동굴일 수 있습니다.
그 동굴에는 누구도 들여놓지를 않습니다.
남자들이 대체로 그렇습니다.
이때 여자들이 자꾸 이야기를 하자고 하면 남자들은
더욱더 자기 동굴로 들어가려 합니다.

반대로 여자들은 스트레스로 힘이 들고 화가 나면

누군가와 이야기를 해야 합니다.

남녀가 그렇게 서로 다릅니다. 그래서 남자는 화성에서 왔고
여자는 금성에서 왔다고까지 표현을 하는 것입니다.


등을 돌려야 편한 남자들이 있습니다.

사랑하지 않고 육체만 탐내서 그런 것이 아닙니다.

에니어그램 성격 유형으로 보면,

이성적으로 판단하는 머리 유형들은 안고 자는 것을 싫어합니다.

감정 중심으로 관계하는 가슴 유형들은 조금은 안고 잡니다.

본능을 바탕으로 행동하는 장 유형들은 오래오래 안고 자야
편합니다. 타고난 성격 유형상 그럴 수도 있다는 것입니다.


등 돌리고 눕는 남자들을 자기 쪽으로 돌아눕게 하는 길은

아내가 뒤에서 포근히 안아주는 것입니다.

그러면 무의식적으로 찾고자 하는 첫사랑이 진짜 사랑이 아니라

지금 아내하고 하는 사랑이 진짜 사랑이라는 것을 알고

지금 사랑, 지금 여자에게로 돌아옵니다.

그때 남자들은 아주 편안해하고 아주 진한 사랑을 느낍니다.

# 자기 동굴로 들어간 남자를 구원하는 방법(2)

남편이 말을 하지 않으려고 하는데

기어코 말을 시키려는 여자가 있습니다.

남편이 말을 하지 않고 가만히 있는 꼴을 못 봅니다.

한번은 남편이 밤에 늦게 들어왔습니다.

친구 상갓집에 다녀왔다고 하는데, 확인해 보니

도박을 하고 온 것이 거의 확실합니다.

낮에 출근도 안 하고 잠을 잡니다.

이럴 때 여자는 불이 납니다. 이렇게 살다가는

집안이 망할 것 같은 불안감이 올라옵니다.

자는 남편을 깨웁니다. 죽기 살기로 남편에게 묻습니다.

어제 어디서 무엇을 했나, 바른대로 대답하지 않으면 나 못 산다.

아무리 소리 치고 흔들어대도 남자는 이불을 뒤집어쓰고

한마디 말도 하지 않습니다. 그러다가 어느 순간

화를 내며 벌떡 일어나서는 아내를 두들겨 팹니다.

아주 실성한 듯이 집 안 살림들을 때려 부숩니다.

그리고 나서 집을 나가 며칠을 돌아오지 않습니다.

잠자던 용이 일어나서 불을 뿜은 것입니다.


정도의 차이는 있지만 대체로 남자들이 이렇습니다.
남자가 스스로 이야기하기 전에 자꾸 말을 시키려 해서는
실패합니다.
아내에게 불을 뿜어대는 남자들이 하는 소리가 있습니다.
자기는 아내가 무서워 못 살겠다는 것입니다.


옛날 인디언 부족들도 그랬답니다. 시집가는 딸에게
어머니가 꼭 일러주는 삶의 지혜 중의 하나가 이것이었답니다.
남자들은 기분이 나쁘거나 스트레스를 받으면
자기 동굴에 들어가는 버릇이 있다.
이 동굴에는 누구도 들여보내지 않는다.
거기에 들어가려 해서는 안 된다. 거기에 들어가려는 것은
화만 자초하는 일이다. 조금만 기다리면 남자들은
자기 동굴에서 나온다. 그러니 그때까지 여자는 기다려야 한다.


동굴 들어가기.
고대로부터 전해오는 남자들의 습성이니
여자들이 너무 심각하게 받아들이지 않았으면 합니다.
남자들이 그렇게 말을 하지 않고 가만히 있는 것은

자기 아내를 사랑하지 않아서가 아니라는 것을
남자들에게 단지 그런 습성이 있어서라는 것을
여자들은 명심했으면 합니다.
남자들이 가진 그 동굴을 여자들은 이해해야 합니다.
만약에 그 동굴에 여자가 들어가려 했다가는
그 동굴을 지키고 있던 용이 불을 뿜어댈 것입니다.
친구지간에도 그렇습니다.

서로가 기다려주어야 합니다.
기다려주는 것이 사랑입니다.
사랑은 오래 참습니다.

## 자기 동굴로 들어간 남자를 구원하는 방법(3)

남편이 늘 어딘가 멀리 도망갈 것 같은 불안 때문에
사는 것이 너무나 힘들다는 40대 여성이 있습니다.
자꾸만 자기를 멀리하려고 하는 남편이 도대체 이해가 되지 않아
결혼 생활 22년이 답답했다는 것입니다. 부부 싸움을 하거나
냉전 상태에 있을 때면 남편은 돌아누워 자려고 하고 떨어져서
자기 몸에 손도 못 대게 합니다. 손이라도 대려고 하면
아예 다른 방으로 가버립니다. 그때 자기는 꼭 따라가서
함께 자자고 한답니다. 그러면 남편은 아예 집을 나가기까지 합니다.

남자들은 종종 아내와 거리를 두려고 할 때가 있습니다.
그럴 때는 그냥 가만 놔두면 됩니다.
이 방으로 가면 이 방으로, 저 방으로 가면 저 방으로,
거실로 가면 거실로, 자동차로 가면 자동차로 쫓아다니는 여자는
평생 남편을 잡지 못합니다.
남편을 가깝게 두려고 쫓아다니지만 결과는 오히려
남편을 도망가게 할 뿐입니다. 감정적으로도 그렇습니다.

남자들은 종종 그럴 때가 있습니다.

(하기야 여자들도 그럴 때가 있지요. 종종 이유도 없이 아무도 만나기 싫고
홀로 자기 감정에 그냥 푹 빠져 있고 싶을 때가 있습니다).

이럴 때 어떤 아내들은 이를 가만히 두지 못합니다.

남편의 감정을 자기 것으로 만들어서 심지어는 자기가 더 아프고
얼굴까지 상합니다.

그렇게 하면 남편이 도망가지 못할 것 같지만,

이러면 남자들은 오히려 질리게 됩니다.

말로는 사랑이라고 하지만

속내는 자기를 홀로 그냥 두지 않고 조종하려는

아내의 술수임을 알게 됩니다.

더 적극적이고 화끈한 여자는 이때 아주 노골적으로 말합니다.

요즘, 당신 왜 그래요? 당신 혼자만 살아?

당신이 힘들면 내가 얼마나 힘든지 모르지?

당신이 그런 얼굴 하면 나는 죽고 싶다고요!

남편의 죄책감을 불러일으켜서 자기 곁에 두려고 하지만

이런 수는 오히려 남자들을 더 도망가게 합니다.

그 죄책감에 아내에게 가려고 해도 못 가게 됩니다.


남자들은 어디 멀리 못 갑니다.

여자 없이 못 사는 것이 남자들입니다.

그러니 이런 경우에 잠시만 홀로 있게 두어보세요.
그냥 내버려두고 자기가 좋아하는 일에 몰두하고 있으면
어느새 남편들은 슬그머니 다가와 사랑해 달라고
아기가 되어 보채게 되어 있습니다.
이때 아내는 엄마가 되어 품어줍니다.
모성애를 가진 여자는 힘이 있습니다.

## 아기를 낳지 않으면 평생 아기입니다

부모라면 누구나 원하는 것이 아들딸이 잘 커서 좋은 짝 만나
아들딸 쑥쑥 낳고 행복하게 사는 모습을 보는 것입니다.
이것이 생명의 흐름이고 우주가 가장 원하는 것입니다.

마흔이 넘었는데도 자식이 결혼을 못하고 있습니다.
며느리는 얻었느냐고 친구나 후배들이 물으면 움츠러들고
창피하고 화도 납니다. 그런데 정작 자식 놈은
전혀 서두르는 기색이 없습니다. 무사태평, 아무 걱정이 없습니다.
마흔이 넘도록 부모하고 살면서도 불편해하지도 않고
창피해하지도 않습니다.
하나 있는 아들 영 잘못 키운 것 같아 속이 상합니다.
곧 일흔이 되는 자기 인생이 쓸쓸합니다.
그래서 어떻게든 중매를 해서라도 장가를 들이기로 합니다.
여러 곳에 부탁을 하고 중매 요청을 합니다.
선을 보지만 계속 깨집니다.
직장도 시원치 않으면서 조건도 따지고 요구가 많습니다.

제 나이는 생각 못하고 신부 나이가 어려야 하고
무뚝뚝하거나 투박해서는 안 된답니다.
귀엽고, 상냥하고, 청순한 여자라야 합니다.
우리 속담에 이런 말이 있습니다.
입에 딱 맞는 떡이 어디 있느냐고요.
현재의 자기 수준이나 형편, 처지는 전혀 보지 않습니다.
어렸을 때부터 가져온 남편상, 아내상을 놓지 않습니다.
그 나이가 되면 좋은 남자, 여자는 대개 다른 사람들이
이미 데리고 가지 않았겠습니까?
그런데 이렇게 결혼이 늦은 사람들만 그 단순한 사실을 모르고
현실을 외면한 채 자기 꿈속에 삽니다.


30대 후반의 한 여성이 결혼은 필수가 아니고 선택이라고 합니다.
자기는 결혼을 하지 않을 거라고 합니다. 그것도 아주 당당하게요.
자기는 시집가서 남편 양말이나 빨고 밥해서 바치는
그런 인생은 살지 않겠다는 것입니다. 그래서 제가 그랬습니다.
그럼요, 그런 일이나 하려고 결혼하면 안 되지요.
그런데 결혼 생활이 그런 일만 하는 것은 아닌데요.
사랑하는 가족들의 양말, 내복을 빨아 말려서 차곡차곡 개서
장롱에 넣어주고 가족들이 그것을 꺼내 입는 모습을 보는 마음이
어떤 것인지 그대는 모르잖아요.

그때 만나는 사랑, 삶의 향기, 신비를 모르고 살잖아요.
지금 그대는 이미 중년입니다. 중년인 줄은 아세요?
피부도 늙어가고, 자궁도 늙어가고 있는 줄은 아세요?
조금은 심하나 할 만큼 다그치지요.

그렇게 갈등을 겪고 시간이 지나면서 깊은 통찰이 생깁니다.
진정 자신이 원했던 것에 대한 통찰이지요.
결혼하고 싶었답니다. 자기도 결혼해 아기 낳고 싶었답니다.
그런데 어, 어 하다 보니 이미 나이가 그렇게 되었다는 것입니다.
그래도 여태껏 기다렸는데, 원하는 사람과 결혼을 해야지
아무 사람과 어떻게 하느냐고 합니다. 조금만 기다리면
진짜로 자기가 찾던 그런 사람이 나타날 것 같답니다.
여기서 그냥 포기하기에는 억울하답니다. 대개가 이렇습니다.

무의식중에 자기가 원하는 상대를 찾는 이가 있습니다.
아주 계산적으로 자기가 원하는 사람을 찾는 이도 있습니다.
그들의 공통점은 자기의 현 위치나 상황을 외면하고
자기들이 진정으로 원하는 것이 무엇인지를 모른다는 것입니다.
자기들이 원하는 사람만 찾지 상대가 자기를 원할 것인지는
묻지 않습니다.

그리고 어떤 결혼을 할 것인가가 그들의 주제입니다.

결혼 그 자체에 목적이 있는 것이 아니라 형용사에 불과한

그 '어떤'에 붙잡혀서 평생을 살게 됩니다.

어떤 결혼을 할 것인가에서 '어떤'이 떨어져나가면

결혼이라는 목적이 뚜렷해집니다.

목적이 분명해지면 '나는'이라는 주어가 떠오르고

'하고 싶다'라는 동사, 욕구가 드러나게 됩니다.

나중에 알게 됩니다.

결혼하고 싶다는 욕망은 하나이지

떨어져 있던 것이 아니었음을요.

형용사나 부사가 떨어져나가면 그냥 하나가 됩니다.

주어, 목적어, 동사가 하나가 됩니다.

위치에 따라 말만 다르지 결국은 하나인 것입니다.

이때 삶은 내가 되고, 나는 삶이 됩니다.

나라는 주어는 목적이 되고 그냥 동사가 됩니다.

진짜로 사는 삶입니다.

삶을 예술로 가꾸는 삶이 되는 것입니다.


나이가 든 처녀, 총각들에게 결혼을 권합니다.

결혼을 해서 아기를 낳아보라고. 내가 이 세상에 와서 나만이

할 수 있는 일은 결혼을 해서 아들딸 낳고 키우는 일이랍니다.

다른 일은 누군가가 다 합니다.

나만이 유일하게 할 수 있는 것은 내 자식을 낳고 키우는 일입니다.

아기를 낳지 않는 사람은 나이가 들어도 여전히 아기입니다.

어른만이 아기를 낳습니다.

아기로 평생 살다가 가시겠습니까?

어른이 되어 살다 가시겠습니까?

## 성공적인 이혼도 있지만……

이혼을 한다는 것은 아주 부끄러운 일이고
해서는 안 된다는 통념이 많았습니다.
그런데 어느 날부터 그런 인식이 희미해지더니
요즘은 이혼들을 아주 쉽게(?) 합니다.
너무 쉽게들 이혼을 결정하는 경향이 있습니다.
조금만 견디면 평생 함께 살고 인생의 비용 지출이
아주 덜할 텐데…….

행복한 이혼, 이혼을 통해서 더 성장하고 발전한다면
할 수도 있습니다.
그럴 때 저는 이혼에 성공했다는 말을 하기도 합니다.
그런데 대개는 이혼을 해서 더 좋아지는 모습이
그리 흔치 않다는 것이 문제입니다. 그것은 당연합니다.
이혼을 통해서 충분히 배우지 않기 때문입니다.
배우지 않으면 반복할 수밖에 없습니다. 우주는 배울 때까지
반복시킵니다. 우주는 단 1쿼크도 낭비하는 법이 없습니다.

이혼을 할 때 자식들을 갖고 거래를 하는 경우가 있습니다.

아이를 상대방이 못 보게 합니다.

아이를 갖고 돈을 요구합니다.

아니면 서로가 책임을 지지 않으려 합니다.

시골 부모님이나 고아원에 맡깁니다.

자식 문제 하나 해결을 못하면서 홧김에 이혼들을 합니다.

이혼을 하고 아이는 누가 키우는 것이 좋으냐고 많이들 묻습니다.

우선은 아이가 함께 살고 싶은 사람과 살게 해주어야 합니다.

엄마 아빠 중에서 선택을 하게 합니다.

그렇다고 한쪽에서 버리는 것이 아님을,

아이에게 확신이 들도록 분명히 말해주어야 합니다.

그리고 한 주에 한 번이나

한 달에 한 번 약속을 해서 밥도 함께 먹고, 쇼핑도 함께하고

영화도 같이 보면서 같이 지내는 시간을 꼭 가져야 합니다.

그렇지 않고 못 만나게 하거나 바쁘다고 만나주지 않거나 하면서

약속을 어기면 자식이 잘 자랄 수 없습니다.


또 어떤 이는 이혼한 상대를 두고두고 험담하고 비난합니다.

이는 그 아이 안에 있는 상대를 비난하고 험담하는 것이 되어

자식이 잘 자랄 수 없게 됩니다. 자식 스스로도 자기 안에 있는

부모를 다 존중해야 온전하게 커갈 수 있는데,

그렇지 못하고 한쪽만을 받아들이고 한쪽을 거부하게 되니
어떻게 잘 자랄 수가 있겠습니까?
살면서 서로가 배우고 고치고 하는 것이 사람 사는 일입니다.

## 장닭 같은 남자, 돼지 같은 남자

장닭 같은 남자가 있습니다.

장닭은 자기 집에 사람이나 그 무엇이 들어오면 경계의 표시로

꼬꼬꼬 소리를 내면서 제일 앞으로 나옵니다.

앞으로 나와서 암탉들과 새끼들을 보호합니다.

자기 가족을 보호합니다.

닭을 키워본 사람은 알 것입니다. 낯선 사람이 들어오면

그 사람에게 온 힘을 다해 대들기까지 합니다.

먹이를 주어도 자기가 먼저 먹는 법이 없습니다.

꼬꼬꼬 소리를 내어 자기 식구들을 불러 모으고

그 큰 발로 헤쳐주면서 식구들을 먹입니다.

이때 자기는 별로 먹지 않습니다. 머리를 하늘 위로 쳐들고

이리저리 경계의 시선을 늦추지 않습니다.

식구들이 다 먹고 난 후에야 먹습니다. 자기 가족을 보호합니다.

돼지 같은 남자가 있습니다.

수퇘지는 자기의 힘을 먹는 데만 씁니다.

먹이를 주면 자기만 먹습니다. 먼저 먹고 먼저 잡니다.

식구들은 관심이 없습니다. 자기 가족을 보호하지 않습니다.

부모가 할 일은 자기 식구들을 외부의 위험으로부터 보호하는
일입니다. 집을 짓고, 먹이를 구해 오고, 약을 찾아오고 하는 일이
무엇이겠습니까? 이 모든 일이 바로 내 자식, 내 식구들을
어떤 경우에든 지켜내는 일이 아니고 무엇입니까?

자기 집을 전혀 돌보지 않는 아버지가 있습니다.
식구들이 무엇을 먹고, 어디가 아프고, 어떻게 힘든지
전혀 관심이 없습니다. 술과 여자, 정치나 종교, 예술,
사회 활동 등 자기 일에 빠져 가족을 모릅니다.
그러면서 자기가 하는 일은 다 가족을 위하는 일이라고 합니다.
아버지, 남자의 그 빈자리를 엄마가 채웁니다.
아무리 엄마가 채운다 해도 채워질 수는 없습니다.
아버지 부재가 자식들에게 전가됩니다. 그 부재는 그다음 대,
그다음 대로 이어질 수도 있습니다.
얼마나 끔찍합니까? 그러니 깨어나야 하지 않겠습니까?

깨어나면 내가 그것들을 마음대로 하지만
깨어나지 못하면 그것들이 나를 마음대로 합니다.
자식들의 학비나 장래에 대해서 나 몰라라 하고 심지어는

아예 집을 나와 PC방, 찜질방 등을 전전하던 사람이 있습니다.
그래 제가 왜 그러느냐고 물었습니다.
아내가 미워서 나왔다고 합니다. 아내가 자기 부모에게 잘하지
못한다는 것입니다. 그래서 집을 아예 나와버렸다는 것입니다.
그렇지만 아이들은 어떻게 합니까? 남자로서, 아버지로서
먹이고 가르치고 재우고 입혀야 하지 않겠습니까?
그랬더니 그가 하는 말입니다. 애들 엄마가 다 합니다.
애들 엄마입니다. 내 자식, 내 새끼가 아닙니다.
이런 사람들은 이런 말이 얼마나 자존심 상하고,
추하고 부끄러운 것인지 모릅니다. 하기야 모르니까
자식새끼를 두고 집을 나왔겠지요.
그것을 알면 어떻게 남자로서, 가장으로서 집을 나올 수 있겠으며
그렇게 말을 하겠습니까?


생각해 보세요.
나는 장닭 같은 남자인가, 아니면 돼지 같은 남자인가?

## 엄마의 아들로 평생을 사는 남자

결혼을 앞두고 선을 볼 때
요즘은 호텔 커피숍이나 분위기 있는 레스토랑을 찾지만
옛날에는 당사자의 집을 양가 부모가 직접 혹은 집안의
양식 있는 어른을 모시고 가서 서로가 사는 집을 둘러보면서
선을 보았습니다. 아주 좋은 관례였고 상식이었는데,
이런 좋은 관례가 사라지는 것이 아쉽습니다.
지금은 결혼이 거의 확정이 된 다음에야 당사자들만 양가에
인사를 갑니다. 부모들은 상대방이 사는 집과 모양, 분위기를
미리 볼 수가 없게 되었습니다.

시골에 사는 한 여자네가 도시에 사는 한 남자네 집으로
선을 보러 왔습니다. 홀시어머니에 외아들.
여자 부모님은 애초부터 못마땅해 하고 있었죠.
그런데 직접 남자네 집에 가 보고는 더 실망하고 말았습니다.
결혼을 하겠다는 다 큰 아들이 아직도 엄마와 한방을 쓰고
있었습니다. 이것이 어떤 의미인지도 모르고 그런 모습을 보여주는

남자네가 여자네 부모는 이해되지 않았습니다.

집에 돌아오는 길부터 이 결혼은 안 된다고 딸을 설득합니다.

그래도 딸은 별문제 될 것 없다고, 그게 어떠냐고,

서로 사랑하면 되지 그런 것들은 문제가 되지 않는다고,

시어머님 될 사람이 얼마나 자기를 좋아하고 얼마나

좋은 분인지 아느냐고 합니다. 부모가 화를 내고 협박을 해도 딸은

그냥 그 남자와 결혼을 하겠다고 합니다.


딸을 가진 부모님은 보입니다. 우리 딸이 저런 집으로 시집을 가면

어떤 삶을 살 것인가가 눈에 보입니다.

애원을 해도 소용이 없습니다. 결국 결혼을 합니다.

아니나 다를까, 남편이 직장에 갔다 오면 어머니 방에 먼저 들어가고

또 들어가면 나오지를 않습니다. 어떤 날은 그냥 어머니 방에서

잠을 자고 출근을 합니다. 그런 것들이 아무렇지도 않습니다.

하루는 시어머니가 며느리를 불러서 이 집안은 돌아가신

시아버지도 그랬는데, 타고나기를 약골로 태어났으니

성관계도 가능한 한 하지 말라고 합니다.

남편이 하자고 할 때만 하고,

여자가 먼저 하자고 해서는 안 되고,

해도 빨리 끝내라고 합니다.

남편이 피곤해서는 안 된다는 것입니다.

여자가 얼마나 놀랐겠습니까? 하지만 이미 내가 선택한 결혼이니,
그것도 친정 부모님의 반대를 무릅쓰고
자기가 우겨서 한 결혼이니 운명으로 받아들이고 살았습니다.
결혼하고 6개월이 지나 남편이 자기와는 한마디 상의 없이
직장에 사표를 냅니다. 집에서 아무 일도 하지 않고
빈둥빈둥 놀게 된 자기 아들을 시어머님은 잘했다고
두둔까지 합니다. 힘든데 어떻게 직장에 다니느냐고 하면서.
그러면서 용돈을 조금씩 줍니다.
계속 자기 아들로 묶어두는 장치를 만드는 것입니다.
일은 하지 않고 놀면서 어머니가 주는 용돈을 받는 남편이
한심하기 짝이 없습니다. 부부 싸움을 합니다.
그러면 남편은 자기 어머니 방에서 며칠씩 나오지를 않습니다.
시어머니는 이를 즐깁니다.


어머니의 아들로 자란 남자들은
자기 아내와 성관계도 잘하지 못합니다.
이런 경우에 제가 하는 이야기 중 하나가 화요일과 목요일,
그렇게 일주일에 두 번씩 성관계를 가지라고 하는 것입니다.
화목하게 말입니다.
부부가 하나로 되는 길은, 아들이 엄마를 떠나 아내에게 가는 길은
성관계를 자주 하는 것입니다.

아내와 하는 성관계가 엄마와 함께 있는 것보다 더 좋구나 하는
경험을 주고 그런 경험을 자꾸 하다 보면 자연스럽게
엄마를 잊게 됩니다.
그러면서 아내와 하나가 되는 것입니다.

그런데 대체로 남편들이 이를 원치 않습니다.
엄마의 아들로 자란 남자들이 자기 아내에게 성욕을 별로
느끼지 않는 것입니다. 아들이 양심의 가책을 느끼는 것입니다.
내가 엄마를 잊고 살면 안 되지 하면서요.
엄마도 말합니다.
내가 너를 어떻게 키웠는데 결혼한 지 얼마나 되었다고
여편네한테 그렇게 쏙 빠질 수 있느냐고,
사내가 되어가지고 어떻게 여자 치마 속으로 들어가느냐고…….
엄마가 계속 양심의 질서를 잡고 아들을 흔들어댑니다.
악순환입니다.

이때 남자라면, 진짜 사나이라면 나와야 합니다.
부모, 친척, 고향을 떠나 새로운 땅으로,
큰 운명이 지시하는 세계로 나아가야 합니다.
이것이 양심의 질서를 넘어 영혼의 질서를 따르는 길이요,
세상의 질서를 넘어 우주의 질서로 나아가는 길입니다.

마침내 여자는 과감히 집을 나와 독립합니다.

자기 자식들은 그런 가정에서 키울 수 없다고 하면서.

어머니의 아들인 그 남자는 여전히 엄마를 떠나지 못합니다.

엄마를 떠나지 못하니 아내에게 오지 못합니다.

아내에게 오지 못하니 제대로 된 아버지로서 자식들도

만나지 못합니다. 제대로 아버지가 된다는 그런 개념도 없습니다.

남자는 50이 넘었는데도 여태 엄마와 삽니다.


아마도 50년 넘게 부모와 함께 사는 동물은 사람뿐이지 않을까
합니다.

## 가족은 언제나 현재입니다

한 남편이 불만이 많습니다.

아내가 아기를 낳고 아기에 푹 빠져서 자기에게는 관심이

없어졌다는 것입니다. 무슨 옷을 입을지 챙겨주고

회사 생활은 어떠냐고 물어주던 아내가 이제는 신경을 안 쓴답니다.

전에는 귀찮을 때도 있었는데, 이제는 신경 써주지 않으니

섭섭하다는 것입니다. 아내가 변한 것이 분명하다며

요즘은 사는 맛이 나지 않는다고 고백을 합니다.


어머니와 아내 사이에서 고민하는 한 남자가 있습니다.

그에게 질문합니다. 어머니가 먼저입니까, 아니면

아내가 먼저입니까? 자기는 혼란스럽고 힘들다는 것입니다.

하기야 공자님도 그러셨다지요. 자기도 어머니와 아내,

두 여자 사이에서 사는 것이 힘들었다고요.

우주에는 질서가 있습니다. 사랑에도 질서가 있습니다.

가족에도 질서가 있습니다.

수천 년, 수만 년을 살아오면서 형성된 질서입니다.

부부 관계가 자녀나 부모와의 관계보다 우선합니다.

부모 역할을 잘한다고 부부 관계를 소홀히 하는 사람이 있습니다.

이런 사람은 부모 역할을 잘하는 것이 아닙니다.

자녀들로 하여금 부부가 행복하게 사는 모습을 보게 하는 것보다

더 훌륭한 부모 역할은 없기 때문입니다.


아내와 어머니 사이에서 고민하던 이 남자,

어머니의 말을 듣게 됩니다. 어머니가 자기를 어떻게 키워주셨는데,

어머니가 아닌 아내를 따라 산다니

마치 어머니를 버리는 것 같고 커다란 죄를 짓는 것 같아서

마음이 영 불편하고 양심의 가책을 받습니다.

이 남자가 저를 만난 후 자녀나 부모와의 관계보다 부부 관계가

우선이라는, 가족의 질서와 사랑의 질서를 배우게 됩니다.

집에 돌아간 이 남자, 과감히 아내와 자식을 먼저 생각합니다.

식구들을 데리고 여행도 하고 어머니의 말이 아닌

아내의 말을 듣습니다. 어머니가 그냥 둘 리 없습니다.

아들을 데리고 이야기합니다. 울면서 하소연을 하고

돈으로 협박도 합니다. 남자는 결국 어머니에게로 다시 돌아갑니다.


오죽하면 부모가 자식을 내어놓지 않으려 하는 것을

한번 물었다 하면 절대 놓지 않는 악어 이빨에 비유하겠습니까?

이때 아들들은 대개 중립에 위치하려고 합니다.

두 여자에게 다 사랑을 받겠다는 것입니다.

그러면서 아내에게 말합니다.

여보, 당신이 어머니께 먼저 잘하라고.

하지만 이렇게 하면 둘 다 실패합니다. 아내를 우선하고 나면

서서히 질서가 잡히고 어머니와의 관계도 좋아지는 법인데……

아버지의 남자다움, 즉 남성성이 부족하면

그것을 보고 자란 자녀들이 사랑의 질서를 배우지 못하기에

제대로 자랄 수가 없습니다.

가족이 이렇게 관계하는 것을 삶의 유산으로 이어받게 됩니다.

깨어난다는 것은 내 가족에게, 내 후손들에게

무지와 가난, 폭력을 물려주지 않는 것입니다.

깬 사람은 깬 가정을 이룹니다. 깨었다는 것은

사랑의 질서를,

영혼의 질서를,

우주의 질서를 따른다는 것입니다.

## 부부 사이에는 그 무엇이 끼어 있지 말아야 합니다

원만치 못한 부부 사이를 보면 누군가가, 무엇인가가

그 사이에 끼어 있습니다.

어머니가 끼어 있던가, 친정아버지가 끼어 있던가,

옛날 애인이 끼어 있던가, 돈이 끼어 있던가,

신부님이나 목사님이나 스님이 끼어 있던가…….

그중에 아주 교묘히 끼어서 부부 사이를 가로막고 있는 것이

자녀입니다.

부부 관계가 원만치 못하면 한쪽 부모와 아이 사이의

정서적 연대가 아주 은밀하게 맺어집니다.

부부 관계에서 충족되지 못하는 정서적 욕구나 사회적 욕구,

심지어는 성적 욕구까지도 아이들을 통해서 충족시키려 합니다.


40대 후반의 왜소한 남자입니다.

어릴 때의 기억은 늘 어머니는 일하시고 아버지한테 매 맞고

누워 않는 모습입니다. 아버지는 술 먹고, 화투 치고, 잠자고…….

아버지에 대한 분노와 어머니에 대한 연민,

그 사이에서 자라났습니다. 이 아이는 늘 아픕니다.

감기를 달고 살고 결국은 천식에 시달립니다. 가슴이 늘 답답합니다.

운동도 못하니 학교에 가도 책하고만 놉니다.

그 모습이 아버지는 영 못마땅합니다. 사내다운 모습을
볼 수가 없습니다.

아픈 아들을 보면 화가 납니다.

그래서 튀어나오는 소리가, 사내자식이…….

그럴수록 어머니는 아들이 안타깝습니다.

불쌍하기 그지없습니다. 자기가 튼튼하게 낳았어야 했는데,
어렸을 때 잘 먹였어야 했는데, 이런저런 죄책감이 듭니다.

아니, 뱃속에 있을 때 아버지가 질러대는 분노와 고함 소리에
하도 놀라서 아들이 제대로 크지 못하고 있다고 확신합니다.

결국 어머니는 자식을 끼고 잡니다.


헌신적인 어머니의 행동과 강압적이고 냉정한 아버지의 행동은
그대로 아이에게 심리적, 사회적, 영적, 육체적으로 전달됩니다.

아이를 통해 자기 삶을 사는 부모들이 의외로 많습니다.

이들은 자식에게 기울인 희생과 헌신을 어떤 형태로든
보상을 받으려고 합니다. 그래서 아이가 이룬 그 무엇을
마치 자기가 이룬 양 떠벌리고 다닙니다.

이런 부모들은 아이가 하고 싶은 것을 그대로 하게 놔두지 않습니다.

자기가 이루지 못한 꿈을 이루게 합니다.

남들이 보기에 그럴싸한 것을 하라고 합니다.

이때 부모의 뜻을 거스르고 나가서 자기 뜻대로 살아가는 아이들이

더러 있습니다. 하지만 대개는 한쪽 부모를 책임져야 한다는

생각을 갖게 됩니다.

불쌍한 엄마를 지켜야 한다는 아들, 어머니가 버리고 간

쓸쓸한 아버지를 뒷바라지해야 한다는 딸이 있습니다.

내가 지켜주지 못하면 나는 나쁜 자식이라며

양심의 가책 때문에 평생 결혼도 하지 않고

어머니와 사는 아들이 있고 아버지와 사는 딸이 있습니다.


아들딸이 커서 혹시라도 나가려고 하면

내가 너를 어떻게 키웠는데, 나는 너 없이는 못산다,

우린 평생 같이 살아야 한다며 붙잡습니다.

성숙한 인간으로 자라가는 것을 아주 교묘히 방해합니다.

이렇게 자란 아이가 결혼을 했다고 해보세요.

그 며느리가 시어머니에게 어떻게 보이고

사위가 장인에게 어떻게 보이겠는지요.

이런 부모와의 관계는 부부 관계에서 그대로 드러나고,

그대로 드러난 부부 관계를 자식들이 그대로 배워서

결혼을 하고, 부부 관계를 또 그렇게 하면서 대물림을 합니다.

얼마나 끔찍한 일입니까?

깨어나지 못하면 나와 내 후손이 그냥 이 사슬에 매여
살게 되는 것입니다. 반대로 한 사람의 의식이 깨어나면
그 당사자뿐만이 아니라 그가 속한 집이, 회사가, 사회가,
세상이 그만큼 밝아집니다.
깨어나서 알아차리고 살아가기, 내가 이 지구 가족으로 나타난
진정한 이유이고 디자이어<sup>desire</sup>입니다.

## 부부가 싸우는 것은 양 가족이 싸우는 것입니다

부부 싸움을 키우는 말이 있습니다.

너 친정에서 그렇게 배웠어? 네 엄마가 그렇게 하라고 하디?

당신네 식구들은 왜 다 그래?…….

이런 말을 들으면 피가 거꾸로 돕니다. 화가 치밀어 오릅니다.

나만 갖고 말하면 되지 친정 식구는 왜 들먹여?

그래, 우리 부모님이 뭘 그리 잘못했는데? 뭐, 내 동생들이 어떤데?

둘이 싸우는 것이 아닙니다. 부부가 싸우는 것이 아닙니다.

양가의 대표가 싸우는 것입니다.

실제로 그렇습니다.


집안을 무시하는 말을 들으면 크게 상처를 받습니다.

그래서 화가 나는 것입니다.

부부 싸움을 할 때 서로의 집안을 건드려서는 안 됩니다.

평상시에도 상대방의 집안을 존중해야지

무시하거나 업신여기는 말을 해서는 안 됩니다.

서로의 마음에 깊은 상처를 남기기 때문입니다.

부부가 기억해야 할 몇 가지가 있습니다.

1. 남편이 기분이 상해 있을 때에는 너무 많은 것들을 묻지 않습니다. 여러 질문을 하면 남자는 아내가 자기를 변화시키려 한다고 생각합니다.

2. 스스로 이야기하도록 기다려주고 모른 척합니다.

3. 남편만 변하면, 아내가 바뀌면 만사가 다 잘 풀릴 것이라는 자기 최면과 주문에서 벗어납니다.

4. 남자들은 가족의 행복보다는 자기 체면이나 위신, 자기 명분을 훨씬 중요하게 생각합니다.

5. 남자들의 심리는 곧 죽어도 아내의 말대로 조종당하고 싶지 않다는 것입니다.

## 부부 사이의 거리

언젠가 친구가 부부 싸움을 했다고 하기에 제가 그랬습니다.
오십이 넘어도 그럴 힘이 있다니 부럽다고요.
부부 싸움은 대개 부부 사이의 거리에 관한 것입니다.
너무 가까워도, 너무 멀어도 안 되지요.

고슴도치가 그렇게 사랑을 한다고 합니다.
사랑해서 서로가 꼭, 꼭 껴안았다고 합니다.
고슴도치가 껴안았으니 서로 얼마나 아팠겠습니까?
떨어지게 되었습니다. 떨어지니 또 보고 싶고
가까이하고 싶습니다. 그래서 아팠던 것을 잊고
또 꼭 껴안았습니다. 또 찔리고 아픕니다.
고슴도치 부부는 서로를 알아갑니다.
사랑하는 데는 적당한 사이가 필요하다는 것을요.
결혼한 지 15년이 넘은 40대 중반의 부부입니다.
부부 싸움을 하면 아주 죽일 듯이 합니다.
처음에는 조심하면서 말도 골라서 했는데 이제는 할 말,

못할 말 다 합니다. 어떻게 하면 상대에게 더 큰 상처를 줄까
궁리하듯 점점 더 험한 말로 잔인하게 싸웁니다.
점점 싸움이 거세지고 사나워집니다.

부부 싸움은 하나의 관계입니다. 관계는 주고받음입니다.
우리는 주면 받고 싶고, 받으면 주고 싶습니다. 부부 싸움,
아니 부부 갈등은 이 주고받음이 고장 난 것입니다.
받는 사람이 준비가 되지 않았는데 일방적으로 주면
받는 사람 쪽에서는 처음에는 좋아할지 모르지만
나중에는 부담을 느낍니다. 돌려주어야 할 의무감을 갖기
때문입니다.
그런데 돌려줄 무엇이 없을 때는 아주 큰 부담을 느끼게 됩니다.
준 사람은 준 사람대로 돌려받지 못하면 서운하고
거절당한 것 같은 배신감도 일어납니다.
이러면 관계가 소원하게 되고
결국은 깨지게 됩니다.

부부 싸움도 그렇습니다. 상처가 되는 말을 들으면
그보다는 작게 돌려주어야 합니다. 받은 것보다 더 큰 것을 주면
부부 싸움은 점점 커지게 됩니다. 받은 것보다 조금 작게 해서
돌려주면 상대도 금방 작게 해서 돌려줍니다.

그러면 상처 주는 말이 점점 작게 오고 갑니다.

선물을 주고받을 때도 그렇습니다.
상대가 받고서 돌려주기에 너무 큰 선물은 선물이 아니라
오히려 짐이 되고 부담이 됩니다.
돌려줄 무엇이 없으니 오고 가는 교류가 풍성치 못합니다.
하지만 선물을 받고 그보다 조금만 더 좋은 것으로 할 수 있으면
부담 없이 돌려줄 수 있어 기쁩니다. 이 관계는 점점 풍성해집니다.

사돈에게서 명절에 아주 큰 선물을 받고
고민하는 사람을 보았습니다. 그 선물에 상당하는 것으로
돌려줄 수 없기에 걱정하는 것입니다.
때로는 우리 집을 무시하는 것이 아닌가 하는 피해의식까지
생길 수도 있습니다. 이때 주고받는 교류는 그치게 됩니다.

선물은 주고받을 수 있을 때 진정한 선물이 되고
그때 비로소 삶이 풍성해집니다.
선물은 마음입니다.
선물할 때는 받은 것보다 조금 크고 좋은 것으로 돌려주고
싸울 때는 받은 것보다 조금 작게 해서 돌려줍니다.
그러면 관계는 점점 풍성해질 것입니다.

## 부부는 함께 배우고 성장하는 것입니다

남편이 자기나 자식에게는 관심이 없고
온통 도 닦는 데만 관심이 있다고 여자가 불평을 합니다.
그러자 남편도 불평을 합니다.
아내는 생각을 별로 하지 않고 영적인 것에는
전혀 관심 없이 사는데 자기는 그 때문에 미치겠다는 것입니다.
이 부부는 함께 산다고 하지만 각자로 삽니다.
집안일 외에는 대화할 수 있는 공통 주제가 별로 없습니다.
어느 날부터인가 남편의 낌새가 이상합니다.
자기는 갈수록 우중충해지는 데 반해 남편은 갈수록 신선해지고
활발해집니다.
그런 남편이 자랑스럽기도 하지만 한편으론 질투도 일어납니다.
마음 공부다 심리 치료다 하면서 새로운 집단 훈련에 참여합니다.
또 그런 책들을 많이 읽습니다. 여자들로부터 문자가 날아오고
전화도 걸려옵니다. 그런 남편이 영 마땅치가 않습니다.
오히려 불평불만이 쌓입니다.
반대로 남편은 되는 대로 퍼질러 누워 책 한 권 읽지 않는 아내가

도대체 이해되지 않습니다. 새롭게 변하는 자기보고 변하지 말고
옛날대로 살자는 아내에게서 정이 떨어지기 시작합니다.
그럴 즈음 영적 교감이 통하는 한 여성을 만납니다.
그 여자를 만나 대화를 하면 속이 트입니다. 이제야 사는 것 같은
기분이 듭니다. 그렇다고 이혼을 하고 이 여자하고 살 수도 없고,
이럴 때 저는 어떻게 하면 좋겠느냐고 애절하게 묻습니다.
그러면 저는 아무 대답도 하지 않습니다. 그냥 그의 눈과 호흡에
따라 가만히 있습니다. 그러다가 제가 도리어 그에게 묻습니다.
그래, 어떻게 하고 싶으신데요?

부부는 함께 같은 방향을 보고 가는 반려자입니다.
한쪽만 성장하고 한쪽은 가만히 있으면
가만히 있는 쪽은 퇴행하는 것입니다. 이는 부부 생활을
하지 않겠다는 것입니다. 함께 나란히 가지 않겠다는 것입니다.
즉 함께 살지 않겠다는 것입니다.
한 지붕 밑에 살고 법적으로 부부라고 해서 다 부부는 아닙니다.
육체적으로만이 아니라 영적, 정신적으로 함께 통하고 나누어야
진정한 부부라고 할 수 있습니다.
그러려면 부부 중에 하나가 변하고 성장할 때
상대도 함께 배우고 같이 성장해야 합니다.
그렇지 못하면 한 몸과 마음이어야 할 부부는 절름발이가 되어

삐걱거리고 덜컹거리게 됩니다.

부부 중 하나가 옛것을 고집하면

새로운 것을 방해하는 셈이 됩니다. 지난 것에 집착을 하면

지금 벌써 작용하고 있는 것을 놓칩니다.

부부 중 하나가 새로운 경험을 하면 다른 쪽도 보조를 맞추어

함께 나아가야 합니다.

영적으로, 정신적으로 공동의 경험이 있을 때 비로소

진정으로 살아 있는 부부가 됩니다.

변해가는 상대를 붙잡으려 하고 새로워지는 상대를 무시하거나

비난하고 그냥 예전대로 살자고 하는 것은 사랑이 아닙니다.

그것은 무지이고 폭력입니다.


같은 공간에 있다고 같은 시간을 사는 것이 아닙니다.

같은 방에서 자고 같은 식탁에서 밥 먹는다고

같은 삶을 사는 것이 아닙니다. 하나는 포스트모던을 사는데

하나는 르네상스 이전을 살 수가 있는 것입니다.

경험 하나가 한 사람의 의식을 단 며칠 사이에

몇 백 년 성장시킬 수 있습니다.

그러니 부부는 공동의 영적 경험을 해야 합니다.


공동의 영적 경험이 있는 부부는 갈수록 깊어집니다.

공동의 영적 경험이 있는 가족은 아주 잘 통합니다.
부부가 내면 여행을 다녀와서 공동의 경험을 하고 다정하게 앉아서
서로 눈빛을 보면서 자기가 보고 발견한 진실들을 가슴의 언어로
나누는 모습, 제가 많이 많이 만들고 싶은 모습입니다.
진정한 삶의 예술가 모습입니다.

## 부부는 인생 최고의 학교입니다 🌿

아내는 남편을 의심하고 무서워합니다.
남편은 아내를 무시하고 의심합니다.
서로가 믿지 못하고 불안해합니다.
이는 상대를 의심하고, 무시하고, 두려워하고, 불안해하는 것이
아닙니다. 사실은 자기 자신을 의심하고, 무서워하고, 두려워하고,
불안해하는 것입니다. 자신을 투사하고 전이하고 있는 것이지요.
의심과 불안과 두려움은 자기 안에 있습니다.

나약하고, 허약하고, 부실하기 그지없는 자기상이
잘 드러나는 것이 결혼 생활입니다.
혼자서 살 때는, 자기 식구들과 살 때는 별로 드러나지 않던,
숨기고 싶었던 내면의 세계들이 부부 생활을 하게 되면 자연스럽게
이 구석 저 구석에서 하나씩 하나씩 잘 드러나게 되어 있습니다.
정말 아주 잘 드러나게 되어 있습니다.
이때 어떤 사람들은 내가 괜히 결혼을 했나 보다며 후회하거나
상대를 원망하거나 감추기 위해서 원(原)가족에게로 돌아갑니다.

이들은 더 이상 성장하지 못하고 죽을 때까지
같은 문제를 반복합니다.

어떤 이들은 자기를 그대로 인정하고 책임을 집니다.
상대를 통해 자기를 배워갑니다. 대화를 하고, 책을 읽고,
강의를 듣고 하면서 부부 생활을, 가정 생활을 배워갑니다.
자기가 알고 있는 지식이나 경험, 생각들을 내려놓고
새로운 지식이나 지혜나 더 나은 생각천사들을 맞이합니다.
상대가 하는 말을 잘 듣고 상대가 행동하는 모습을 잘 봅니다.
그렇게 상대를 잘 듣고 잘 느낍니다. 서로를 배워갑니다.

부부는 서로 배워가기 위해 만난 인생 최고의 학교입니다.
부부는 서로를 깨닫게 해주는 인생 최고의 수련도장입니다.
남편을 알아가는 재미에, 아내를 알아가는 신비에,
남자를 알아가는 놀라움에, 여자를 알아가는 아름다움에 빠집니다.

세상은 참 아름답습니다.
삶은 참 재미있습니다.
나는 참 신나게 삽니다.

자녀

# 아들에게

문정희 | 시집 《어린 사랑에게》 미래사, 1991년

아들아
너와 나 사이에는
신이 한 분 살고 계시나 보다

왜 나는 너를 부를 때마다
이토록 간절해지는 것이며
네 뒷모습에 대고
언제나 기도를 하는 것일까?

네가 어렸을 땐
우리 사이에 다만
아주 조그맣고 어리신 신이 계셔서
사랑 한 알에도
우주가 녹아들곤 했는데

이제 쳐다보기만 해도
훌쩍 큰 키의 젊은 사랑아

너와 나 사이에는
무슨 신이 한 분 살고 계셔서
이렇게 긴 강물이 끝도 없이 흐를까?

## 강압적인 부모 밑에서 자란 아이는……

강압적인 부모들은 자기들의 그 강압적인 자세가
자기 불안에서 온다는 것을 모르고
가정의 화목과 평화를 위해서라고 합니다.
학교에서도, 직장에서도, 국가 통치에서도 마찬가지입니다.
이들은 상대방이 자기 뜻을 조금이라도 거스르는 것을
견디지 못합니다. 유머나 농담, 놀이, 장난이 없습니다.
언제나 근엄하고, 위압적이고, 권위적입니다.

이런 강압적인 부모가 있다면 가족 중의 한 사람이
일어나서 막아야 합니다.
그런데 막아서면 문제가 더 커지게 되니 그냥 그렇게
대충 덮고 살아갑니다. 결국 독재와 독선, 횡포는 계속됩니다.
그것이 횡포라고는 꿈에도 생각을 못합니다.
자기가 하는 말이나 태도는 다 옳고,
그렇게 강압적으로 누군가가 상관하면 오히려 억울해합니다.

강압적인 부모나 상사를 대하는 가장 좋은 방법은
당신이 그렇게 나를 지배하지 않아도 나는 당신을 사랑하고
존경하고 있다는 것을 미리 말해주거나 느끼게 해주는 것입니다.
이것이 가장 현명한 태도입니다.

달도 차면 기우는 법.
강압적인 부모나 상사가
언제나 그렇게 강압적인 태도를 유지할 수 없는 것이
자연의 이치요, 역사의 순리입니다.
아이들이 언제나 아이들이 아니고,
아랫사람이 언제나 아랫사람이 아닙니다.
아이들은 크고, 아랫사람도 크게 되어 있습니다.

이들에게 힘이 생기면 자연히 저항을 하게 됩니다.
묘한 것은 자식이나 아랫사람들이 반항하는 방식이
강압적인 부모나 상사의 방법과 똑같다는 것입니다.
보면서 이미 배운 것입니다.
이때 그 저항을 돕고 묵인하면서
그것을 즐기는 가족이나 무리가 생기기도 합니다.

강압적인 부모나 상사의 특징은 언제나 요구가 많습니다.

말투는 늘 명령조이고, 태도는 근엄하고, 웃음도 없고,
늘 굳은 표정입니다. 그렇게 하지 않으면
상대방이 자기를 무시하리라는 불안감 때문입니다.
알고 보면 참 불쌍한 사람들이지요.

어느 날 우리는 보게 됩니다.
그렇게 무섭게 굴던 부모나 상사, 독재자들의 아주 작고
작아진 모습. 심지어는 아주 초라하게까지 보이는 모습을.
이때 우리는 배우게 됩니다.
인생이 참 무상하다는 것을.

# 부모에게 복수하는 아이들이 있습니다

어린아이와 싸우는 부모들이 있습니다. 아이들에게 이리저리
끌려다닙니다. 그때 부모들이 하는 소리가 있습니다.
아이를 어떻게 다루어야 할지 모르겠어요.
내가 낳은 자식이 아닌 것 같아요.

20대 초반의 한 여대생이 있습니다.
고등학교 때까지는 부모님의 말을 그런대로 잘 듣는 듯하더니
대학에 들어가자 작심을 한 것처럼 아예 말을 듣지 않습니다.
그렇게 무서워하던 아버지에게 마구 대들고, 어느 날은 술을 먹고
주정까지 합니다. 아버지는 손찌검을 합니다.
그럴수록 바락바락 악을 써가며 대듭니다. 아버지는 깨닫습니다.
딸이 복수를 시작했다는 것을.
아버지는 학교다, 상담이다, 신학이다 하며 공부를 합니다.
딸아이는 그런 아버지가 가증스럽다며 아버지를 조롱합니다.
딸은 이제 알코올중독이 되어 학교를 다닐 수 없게 됩니다.
맥주를 10병 이상씩 마시고 다시 다 게워냅니다.

그것도 아버지가 보는 앞에서.

어머니를 보면 불쌍하고 아버지를 보면 분노가 불꽃처럼

일어납니다. 어머니를 안고서는 흐느껴 울고, 아버지에게는

욕설 아니면 냉대입니다.

어렸을 때 자기는 아버지로부터 무지하게 많이 맞았다는 것입니다.

아버지는 자기만이 아니라 어머니도 때리고, 밖에 나가서는

바람피우고…… 아버지는 그동안 자기가 하고 싶은 대로 살았고,

어머니와 자기는 늘 피해자이고 희생양이었답니다.

그래서 어렸을 때부터 생각했답니다.

자기가 크면 어떻게든 아버지한테 복수하고 말 거라고.


아버지가 찾아와 하소연을 합니다.

내가 죗값을 단단히 치르나 봐요. 나는 그렇게 때린 기억이

없는데…… 우리는 더 맞고 자랐잖아요.

그래도 어떻게 하면 부모님께 잘할까 했잖아요.


저는 그 아버지를 안고 함께 한참을 울었습니다.

내가 그때 할 수 있는 것은 그냥 같이 우는 것뿐이었습니다.

그렇게 울고 난 후에 나는 그 아버지 앞에 딸 대역자를 세웠습니다.

그리고 고백하게 했습니다.

딸아, 미안하다. 이 아빠를 용서해다오.

내가 몰라서 그랬단다. 너는 하나뿐인 사랑하는 나의 딸이고,
나는 너에게 인정받고 싶은 아빠란다.

그래요, 우리는 몰라서 자식들에게 참 못된 짓을 많이 했습니다.
그것을 아는 날이 비로소 우리가 어른이 되는 날입니다.
내 자식들을 내가 낳아 키운 것이 사실이지만
한편으로는 자식들이 부모들을 키우느라 애를 참 많이 쓴 것도
사실입니다. 상처받아가며, 벌 받아가며, 집 밖으로 쫓겨나가며,
맞아주며, 앓아누우며…….

내가 자식들을 낳고 키우는 동안 반대로 자식들은 나를
부모로 낳고 사람 되라고 키웠습니다. 그 녀석들을 내가 낳고
키우지 않았으면 내가 어떻게 사람이 되고 컸겠습니까?

자식은 부모의 거울입니다.

생애 한 번쯤은 그렇게 자식들에게 용서를 빌고
나의 부족과 무지를 고백하는 나의 날을 맞이해야 하지 않을까요?
이런 나의 날이 있는 사람은 복이 있는 사람입니다.

## 미안하다는 말을 한 번만이라도 듣고 싶었습니다

편지 한 장을 받습니다. 어떤 큰누나가 쓴 편지인데
자기 막냇동생이 시골에 계신 아버지를 때린답니다.
그래서 노인네가 잠도 제대로 못 자고,
막내아들이 무서워서 요즘 도망다니면서 살고 있답니다.
어떻게든 도와달라는 간절한 내용입니다.

막냇동생에게 혹시 아버지를 때린 적이 있느냐고 묻습니다.
처음에는 몹시 당황하더니 그동안 감추었던 이야기를
꺼내놓기 시작합니다. 자기는 아버지가 밉다는 것입니다.
미워 죽겠답니다. 학교 다닐 때도 그랬는데,
요즘 공무원 시험에 자꾸 떨어지고
자기가 할 수 있는 것이 없다고 생각을 하니
아버지에 대한 미움이 북받쳐 올라오더라는 것입니다.
어렸을 때 아버지는 술을 드시면 늘 동네에 접어들기도 전에
이미 길에서 누워 계시고 어머니와 누나, 형들이 나가서
데리고 왔습니다.

그날 밤은 아무도 못 자게 하며 갖은 잔소리를 했습니다.
어린 자기는 그때부터 아버지가 너무 무서웠다는 것입니다.
그런데 시험에 몇 번 떨어지고 나니 그 화가
아버지에게로 향하더라는 것입니다.
다 아버지 때문에 이렇게 된 것이라는 원망이 올라와서
그날 밤 술을 먹고 시골에 계신 아버지에게로 달려갔는데
그 이후로는 자기가 무엇을 어떻게 했는지 기억이 없다는 것입니다.

공감을 해주고는 다시 잘 기억해보라고 했습니다.
한참 만에 입을 엽니다.
아버지가 자기를 보고 무서워하고 도망가는 것이
너무나 통쾌하더라는 것입니다. 그때부터 힘들거나
하는 일이 뜻대로 안 되면 시골로 내려가 아버지를 못살게 굴고
때리기까지 했다는 것입니다.

제가 어렸을 때의 일입니다.
동네 사람들 전부가 나와서 어떤 사람 하나를 가운데 세워놓고는
무어라 말을 하더니 멍석에 말아서는 동네 사람 전체가 몽둥이로
그 사람을 때렸던 기억이 사진처럼 남아 있습니다.
부모를 때리는 자식들은 파렴치한 놈으로 취급되어
거의 동네에서 얼굴을 들고 다니지 못하게 했습니다.

이런 규칙이 무너지면 사회의 질서가 무너지고 말지요.
그래서 옛 어른들은 이렇게 아주 강력한 장치를
해놓았던 것입니다. 그 사람을 아버지 대역자 앞에 세웠습니다.
아들은 아버지를 보지 못합니다.
아버지에게 먼저 말을 하게 했습니다.


　　아들아, 미안하다.


아들이 흐느낍니다.


　　아버지, 저를 용서해 주세요.


아들은 그랬답니다. 미안하다는 말을 아버지로부터
한 번만이라도 듣는 것이 소원이었답니다.
언젠가 어머니를 죽인 한 아들이 그랬다지요.
어머니가 자기에게 미안하다는 말을 한 번만이라도 했으면
그렇게 하지 않았을 것이라고요.
완벽을 추구하는 어머니로부터 아주 어렸을 때부터
일류가 되어야 한다는 강박관념에 시달리다 못한 아들이
어머니를 살해한 사건이었습니다. 그때쯤 나온 책의 제목이
『미안하다고 말하기가 그렇게 어려웠나요』였습니다.

그 옛날 기록된 성경에도 이런 말이 나옵니다.
부모들아, 자녀들을 노엽게 하지 마라.

우리 어른들은 자녀를 키우면서 자녀들을 많이 노엽게 합니다.
이것을 풀어주는 의식이 일생에 한 번은 필요한 것이 아닌가
합니다. 어리다는 이유 하나로 자기 화를 아이들에게 풀지는
않았는지……. 자녀들을 향해 이렇게 고백하는 것입니다.

　　미안하다.
　　내가 부족해서 그랬단다.
　　너는 나보다 잘되기를 바라는 마음에서 그랬단다.
　　미안하다.

그제야 비로소 보입니다.
아버지가 아버지만이 아닌 한 남자로,
아들이 아들만이 아닌 한 청년으로.

## 그동안 내가 산 것이 아니었습니다

아들이 갑자기 왜 이렇게 되었는지 모르겠다고 한탄을 합니다.
내가 저를 어떻게 키웠는데, 다른 사람한테는 모르지만
엄마한테 그러면 안 되는데…….
이 엄마는 자식 자랑으로 살았다 해도 과언이 아닐 만큼
자기 인생을 아들 키우는 데 바쳤습니다.
남편도 가족도 다 아들 다음이었습니다.
아들은 정말 뜻대로 아주 잘 자라주었습니다.
초등학교 때부터 줄곧 말 잘 듣고 공부 잘하는 범생이로,
군대도 다녀오고 유학도 다녀오고 대학원까지 척척
잘 들어가 주었습니다. 이제 자기 아들이 곧 박사가 되고
연구원이 된다는, 어렸을 때부터 꿈꾸어온 과학자가 된다는
희망에 부풀어 있었습니다.

그런데 이게 웬일입니까?
자기 아들이 연구를 잘하고 있는지 학교에 전화를 해보니
실험을 거부하고 저녁에 알바로 레스토랑에 가서

서빙을 한다는 것입니다. 청천벽력입니다. 교수님이 그랬답니다.
박사과정을 하는 사람이 연구실에서 연구를 해야지,
어떻게 저녁에 식당에서 서빙을 할 수 있느냐고요.
아들이 이렇게 대답하더랍니다.
내년이면 나이 서른이 되는데, 여태껏 내가 뭘 하고 살았는지
생각해 보니 그동안 스스로 결정해서 한 것은 하나도 없고
다 부모님이, 엄마가 하라는 대로 했습니다.
그런데 지금 알바로 하는 일은 난생 처음 혼자 생각하고
결정해서 하는 일입니다. 연구소를 나와 식당으로 출근할 때
얼마나 신이 나는지 모릅니다. 정말 사는 것 같습니다.
엄마에게 미안한 마음도 있지만 화가 더 많습니다.
여하튼 얼마간일지는 모르겠지만 우선은 식당에서 일할 겁니다.
죄송합니다. 지도교수도 어떻게 말릴 수가 없었답니다.


교수님에게서 이 말을 들은 엄마는 몸이 떨리고 분노가
치솟습니다. 아들에게 서운하고 배신감 같은 것을 느낍니다.
그래도 아들인데 어떡합니까? 마음을 달래고 아들을 찾아가서
묻습니다. 왜 이렇게 되었느냐고,
지금 박사과정을 하는 사람이 이게 웬일이냐고,
이제 결혼도 해야 하는데 어떻게 이럴 수 있느냐고…….
아들은 아주 당당하게 말합니다. 이제야 자기가 사는 것 같다고.

그동안은 자기가 산 것이 아니고 부모님이, 엄마가 산 것이라고.
엄마가 좋아하는 길로만 자기는 왔다고, 이제 나이 서른이 다 되어
처음으로 자기가 가고 싶은 길을 가고 있다고,
그러니 자기를 말리지 말고 제발 그냥 내버려두라고 하면서
집을 뛰쳐나가더라는 것입니다.

우리는 본능적으로 내 길을 가고 싶어 합니다.
부모님이 모든 것을 다 갖추어놓았으니 그대로 살면 편할 텐데
싶은데도 위험을 무릅쓰고 자기 길, 자기 사업, 자기 방식의
삶을 살고 싶어 합니다. 고속도로든 신작로든
부모님이 내준 길이 싫어서 자기가 스스로 길을 내보겠다고
험한 길을 택하는 사람도 있습니다.
반대로 부모의 뒷받침이 전혀 없는 사람은
이렇게 부모가 뒷바라지해 주는 것을 부러워하기도 합니다.
길을 닦아가다가 지친 나머지 부모님이나 가족이 닦아놓은
고속도로를 달리는 삶을 부러워하는 것이죠.

젊음은 그렇습니다.
두 가지 길에서 서성거려 보고 이 길이 좋아 보여 이리 가기도 하고
저 길이 좋아 보여 저리 가기도 하고. 그렇게 해볼 수 있는 삶,
시도와 실험, 실패와 성공,

젊음의 선물입니다. 젊음의 특권입니다.

나는 젊음을 평생 살고 싶고, 나는 젊은이로 죽을 것입니다.
젊은이는 '저를 물어주는(질문하는)' 사람입니다.
늙은이는 '늘 그런' 사람입니다.

# 내 아들이 동성애자라고요?

50대의 한 남자가 절규하며 전화를 했습니다.
어떻게 우리 집안에 이런 일이 일어났느냐고.
선생님, 어떻게 키운 자식인데, 내 아들이 동성애자라니
말도 안 됩니다. 내가 뭘 잘못한 건가요?
이럴 땐 어떻게 해야 하나요?

그분의 마음이 되어봅니다.
얼마나 놀라고, 부끄럽고, 절망스러웠을까 생각하니 마음이 아리고
안쓰럽기 그지없습니다. 내가 그분의 처지라면 어떠했을까?
저도 엄청나게 당황했을 것이고, 부끄러움이 엄청나게
올라왔을 것입니다. 또 그러면서 그 아들의 입장이 되어봅니다.
그도 처음에는 얼마나 무서웠을까?
그 아들이 성의 경계선에 있을 때 만난 적이 있습니다.
그때 그렇게 말했습니다. 네가 선택하는 대로 가게 되어 있다.
스스로 동성애자라고 하면 그렇게 된다.
동성애자로 남기로 했다는 대답이 돌아왔습니다.

몇 번이나 결심을 했지만 자기는 동성애가 편하다는 것입니다.

스스로 동성애자가 되기로 선택하는 사람은 그렇게 되고 맙니다.
동성애자들을 살펴보면 이런 경향이 나타납니다.
딸들이 많은 집에서 아들을 간절히 원할 때,
아들이 많은 집에서 딸을 간절히 바랄 때,
동성애 성향 혹은 동성애자가 나오기도 합니다.

요즘 뇌과학에서 밝혀내고 있습니다. 처음부터 동성애 성향,
동성애 기질을 가지고 태어나는 사람도 있다고요.
하기야 수만 년을 이렇게 많은 사람이 태어나고 죽고 하는데
그런 성향을 가진 사람들도 있지 않겠습니까?
그런데 동성애자들은 착합니다. 정말 착합니다.
그리고 감수성이 놀랍도록 예민합니다.
그들이 이 지구 문명과 문화 발전에,
특히 예술 분야에서 지대한 공헌을 해왔고
지금도 그렇게 하고 있다는 것은 자명한 사실입니다.

동성애의 운명을 지고 가는 사람도 있습니다.
운명을 지고 가는 사람은 그 지고 가는 운명으로부터
아주 놀라운 힘을 얻습니다.

그 아버지는 앞으로는 모르겠지만
아직은 도저히 이해가 안 된다고 합니다.
그래서 아들로 받아들일 수 없다고 합니다.

동성이 하는 사랑도 이성이 하는 사랑처럼 존중받는
그런 세상이 되기를 기원합니다.
삶은 내가 아는 것으로 다 알 수 없는
신비의 바다입니다.
그것은 풀어야 할 숙제가 아니라
경험해야 할 신비입니다.

# 자식들이 원하는 대로 다 해주었는데 이게 뭡니까?

자식 이야기만 하면 우는 엄마가 있습니다.

말은 하지 않지만 아들이 자기 사는 맛을 다 빼앗아갔다는

원망과 화가 있습니다.

그러면서 아들에게 더 잘해주지 못한 것이 또 미안합니다.


초등학교 저학년 때까지는 아들이 공부도 제법 잘하고 씩씩하고

반장도 하고 친구도 많았는데, 5학년 때부터 성적이 떨어지더니

그때부터 갑작스레 말도 안 하고, 적극적이었던 아이가

소극적이 되고, 방에 들어가면 나오지를 않습니다.

지금은 고등학생인데 대학도 가지 않겠다고 잠만 자니 내 속이

터지지 않겠어요? 아들 생각만 하면 속이 답답하고 눈물만 나요.

형제들이나 동창들 만나면 창피해 죽겠어요.

내가 저한테 해준 것이 얼마인데. 부족한 것 없이 다 해주었거든요.

좋은 과외선생 찾아 붙여주었고, 방학에는 해외연수도

보내주었다고요. 내가 공부 못 한 것 생각해서

그렇게 다 해주었는데…….

한 아버지가 화가 나서 말을 쏟아놓습니다.

아들과 딸 둘이 있는데 둘 다 속을 썩인다는 것입니다. 살맛이
안 난다는 것입니다. 딸은 공부는 하지 않고 온갖 사치에만
열을 내고, 아들은 공무원 시험만 열 번 이상 떨어졌다는 것입니다.
그래 다른 것을 해보라고 해도 자기는 다른 것은 할 줄 모르니
고등학교 때부터 준비한 공무원 시험에 꼭 합격하고 말겠다며
매달린다는 것입니다. 아버지는 모르지만 아들은 이미
컴퓨터 게임과 성 중독에 빠져 있었습니다.

제가 자식들한테라면 안 해준 것이 없습니다.
먹고 싶은 것, 입고 싶은 것, 가지고 싶은 것, 가고 싶은 곳까지
다 들어주었습니다. 다 해주었더니 고작
내게 돌아오는 것이 이거라니. 요즘 살맛이 안 납니다.
회사를 가도 재미가 없습니다. 내가 돈 벌어서 뭐합니까?
내가 사장이면 뭐합니까?
아버지들이 자주 보이는 모습입니다. 주변에서 한잔 걸치면
종종 듣는 이야기입니다. 어찌 그렇게 되었을까요?

보통 부모님들은 자식들에게 물질적 환경만 충족시켜 주면
다 되는 줄 압니다. 우리 부모 세대가 가난하고 부족한 가운데
자랐기 때문에 더욱 그렇습니다.

그런데 아이들이 자라는 데는 보이는 환경만 있는 것이 아니라
보이지 않는 환경, 즉 부모님의 따뜻한 가슴이 더 필요합니다.
지지, 격려, 대화, 동정, 공감, 눈빛 등이 아이들에게는
더 필요한 것입니다.

부모님들은 어떻게든 가난에서 벗어나려고 아침 일찍부터
밤늦게까지 일에 매달릴 수밖에 다른 도리가 없었습니다.
부지런히 벌지 않으면 자식들을 가르칠 수 없으니까요.
부족한 부분은 가정부에, 파출부에, 과외교사에, 학원에, 교회에,
절에, 성당에 맡깁니다. 그래서 자식들이 잘 자라주는 줄 알았는데
어느 날 빵 터지고 마는 것입니다.

자식이 우울증이라는 것입니다. 게임 중독이라는 것입니다.
학교를 휴학하고 검정고시를 친다는 것입니다.
가출을 해서 누구와 동거를 하고 있다는 것입니다.
오토바이를 훔쳐 타다가 걸려서 경찰서에서 전화가 옵니다…….
내가 지들을 잘 키워보겠다고 얼마나 고생을 했는데,
갖고 싶은 것 안 갖고, 먹고 싶은 것 안 먹고,
가고 싶은 곳 안 가고, 입고 싶은 것 안 입고
지들만 바라보고 살았는데, 이럴 수가, 이럴 수가…….

이런 부모들은 먼저 배신감에 화가 치밀고
자기가 잘못 산 것이 아닌가 하는 후회, 다른 사람들이 알까
창피한 마음에 휩싸이게 됩니다.
이때 어떤 아버지는 맨 정신으로는 못하니까 술 먹고 자기 속내를
드러내기 시작합니다. 어떤 엄마는 잔소리를 계속 해댑니다.
어떤 부모들은 아예 침묵합니다. 어떤 부모들은 전문가를 찾아서
상담을 하고 새로운 해결책을 모색합니다.
자녀 문제로 인해 자기 탐구, 즉 인생 공부에 들어가게 된 것입니다.

그러면서 자기도 알아가고 가족도 알아갑니다.
진짜 삶을 공부하기 시작하게 되는 것이지요.
아이들이 그렇게 된 것이 부모인 자기들로부터 시작되었다는 것을
알게 됩니다. 더 나아가서는
자기 부모들로부터 받은 삶의 유산이
그렇게 전이 내지는 투사되고 있음을 알게 됩니다.
삶은 이렇게 신비롭습니다.
이 세상일은 이렇게 다 필요해서 일어나고 있습니다.

아이들이 원했던 것이 있었습니다.
부모님과 함께하는 시간이었습니다.
시간과 더불어 중요한 것은 함께해 주는 시간의 '질'입니다.

그냥 건성으로 함께하는 것은 아이들이 귀신같이 압니다.
책을 대충 읽어주면서 가르치려 들고, 함께 놀면서도
정성을 다하지 않는다거나, 공부를 가르쳐준다고 해놓고는
멍청하다고 윽박지르고 쥐어박는가 하면 때리기도 합니다.
이렇게 되면 아이들은 서서히 부모에 대해서 세상에 대해서
마음의 문을 닫기 시작합니다. 그러면서 자연스럽게
아주 자연스럽게 자기 마음을 가장 잘 알아주는 곳,
외로움을 덜어주고 스트레스를 풀어주는 것을 찾기 시작합니다.
게임, 야동, 낭비, 잠, 음악, 이성교제…….

저도 이 글을 쓰면서 나도 그랬지 하는 미안함과 회개가
올라옵니다. 어느 날 아들이 그럽니다.
아빠와 함께하고 싶은 것이 축구였는데, 그것을 못한 것이 제일
안타까움으로 남는다고요. 내 딴에는 축구를 함께한 기억이
있는데, 아들녀석에게는 전혀 없다는 것입니다.
그렇더군요. 지나고 보니 알겠습니다.
자식들과 함께 놀아줄 시간이 그렇게 많지 않다는 것을요.

아이들은 금방 자라 자기들 세계로 가게 되지요.
그 세계는 이미 내가 가고 싶어도 통하지 못하고요.
하지만 자식이 커도 멈추어서는 안 됩니다.

자식들은 끝까지 부모님의 애정과 지지, 격려, 칭찬을
기다리고 있습니다.
자상하게 보아주는 눈빛을, 살며시 잡아주는 손길을,
얼싸안아 주면서 네가 내 아들(딸)인 것이 나는 참 좋단다,
나는 너로 만족한다 하는 표현을요.

## 왜 게임이나 야동에 빠질까요?

한 어머니가 놀라서 급하게 전화를 합니다.
자기 아들이 야동을 보는 것을 목격했답니다. 게임만 하는 줄
알았는데 야동까지 보고 있으니 어떻게 하면 좋겠느냐는 것입니다.

우리의 귀한 아이들이 컴퓨터에 그냥 노출되어 있습니다.
컴퓨터 안에는 어마어마한 정보가 들어 있습니다.
그런데 아이들이 보지 말고 듣지 말아야 할 정보,
아이들에게 위험한 것들이 너무 많습니다.
그래서 컴퓨터 천재인 빌 게이츠도 자녀에게
이렇게 말했다고 하지요.
하루에 한 시간 이상은 컴퓨터를 하지 마라. 게임은 하지 말고.

전자 시대이니 게임을 하지 않고 자랄 수는 없겠습니다.
그런데 그 게임은 중독성이 아주 강합니다.
그래서 컴퓨터를 그냥 아이 방에 넣어주어서는 정말 안 됩니다.
컴퓨터는 가족들이 모두 보는 거실에 설치해야 합니다.

시간을 정해서 게임을 하게 하고 꼭 지키게 합니다.

그러면 왜 이렇게 아이들이 컴퓨터 중독에
쉽게 빠지게 되는 것일까요? 중독의 뿌리는 수치심과 두려움입니다.
아이들은 몸만 크는 것이 아닙니다. 정신도 함께 자라납니다.
그 정신, 마음이 자라날 때 누구나 느끼는 것이
수치심과 두려움입니다. 그 수치심과 두려움을 어떻게 느끼고
나아가느냐가 정신이 건강하게 자랄 수 있을지 없을지를 결정합니다.

수치심은 내 존재로, 셀프로 나아가는 길입니다.
두려움은 원하는 것으로 나아가는 징검다리입니다.
그런데 많은 아이가 이런 수치심을 가리고
두려움에 숨어 있게 됩니다. 그때 배우는 것이 거짓말입니다.
참 자아가 형성되고 커갈 나이에 거짓 자아가 커가는 것입니다.

이때 만나는 것이 게임이고 야동입니다.
수치심과 두려움을 순간에 잊어버리게 되면서
아주 짜릿한 기쁨과 황홀을 느낍니다.
데이비드 호킨스의 의식지수(1965년에서 1994년까지 인간의
근육 반응 시험을 통해 내면의 잠재의식을 수치화한 것)를 인용하자면
20, 100에서 순간에 500, 600을 경험하게 됩니다.

정상적으로 느끼려면 많은 시간과 비용을 지출해야 하고
그래야 의식이 성장하는데, 바깥에서 주는 힘에 의존했기 때문에
순간 생겼다가 금방 사라지게 됩니다.

그렇지만 뇌는 기억을 합니다. 그것에 접했을 때의 짜릿함을
기억합니다. 이제는 그것 없이는 못 삽니다. 중독입니다.
그것이 게임이면 게임 중독이 되고, 성이면 성 중독이 됩니다.

중독은 한 사람을 정상적으로 자라게 놓아두지 않습니다.
그것에 의존하게 되어 독립이 안 됩니다. 그것에 매이게 되고
강박을 느끼면서 살게 됩니다. 참 자아가 사는 것이 아니라
거짓 자아가 주인이 되어 사는 것입니다.
정작 중독이 무서운 것은 당사자만 망하는 데서 끝나지 않기
때문입니다. 가족과 주변, 사회에 엄청난 피해를 줍니다.
현대의 가장 큰 우상 숭배는 중독입니다.

성적으로나 신체적으로, 또 그 밖의 것들로 아이들의 수치심을
불러일으키는 말이나 행동을 장난삼아서라도 해서는 안 됩니다.
그렇지 않아도 느끼고 있는 수치심을 꼭 얼싸안아 주는 것,
사랑입니다. 그 사랑의 경험이 참 자아로 커가는 영양분입니다.

가족은 서로가 가진 어떤 수치심이든 끝까지 얼싸안아 주는,
사랑을 배우는 사랑의 학교입니다.

# 증오와 폭력도 배우는 것입니다

아버지가 어머니를 때리는 것을 보고 자란 아이들의
특징이 있습니다. 아이들도 거의가 매를 맞고 자란다는 것입니다.
그렇게 매를 맞고 자란 아이들은 아예 기가 죽어 있는가 하면,
아버지에게 배워서 자기도 무의식중에 폭력을 쓰기도 합니다.
그것이 얼마나 나쁜지를 모르는 채.

아주 순하게 생긴 한 남자가 있습니다.
정말 아내를 사랑해서 결혼을 했습니다. 자기는 아버지와는
정말 다르게 살 거라고 다짐에 다짐을 수없이 해왔습니다.
싸움이 일어나면 아버지가 어머니를 잔인하게 때렸거든요.
그런데 이게 웬일입니까? 결혼식이 끝난 며칠 후에
부부 싸움을 하게 되었는데, 자기도 모르는 사이에 아내의 뺨을
때리더니 결국에는 아내의 목을 조르고 있는 자신을 발견합니다.
그대로 집을 뛰쳐나갑니다. 도저히 자신을 용납할 수 없습니다.
아버지와는 다르게 살 거라고 그렇게 그렇게 결심을 했는데,
결국은 자기도 아버지와 똑같은 행동을 하고 만 것입니다.

아버지 묘소를 찾아갑니다. 절을 하면서 원망에 원망을 합니다.

아버지, 왜 저에게 이런 피를 물려주셨어요?

제가 그렇게도 받고 싶지 않았는데, 아버지와 똑같이 하고 있습니다.

이제는 내 아들도 그럴 것 아니겠습니까?

아버지 손자도 자기 아내를 때리고 살아야 한다고요…….

그렇게 한동안 넋두리를 하고 난 후에 남자는 등 뒤에 환하게

떠 있는 달을 봅니다. 너무도 자신이 부끄럽고 실망스럽습니다.

다시금 결심에 결심을 합니다. 이제는 죽어도

아내를 때리지 않겠다고. 아버지께 부탁도 합니다.

제발 자기를 도와달라고. 남자는 그날 이후로 한 번도

아내에게 손찌검을 하지 않았다고 합니다.


자식 일로 어깨가 축 처진 중년 남성입니다.

고등학교에 다니는 아들이 자꾸만 사고를 칩니다.

학교에서 주먹을 휘두릅니다. 치료비도 물어주고 대신 사과도

하러 다닙니다. 끝내는 형사 입건이 되고 감옥에 갑니다.

아버지 자신은 그 원인이 자기한테 있다는 것을 모릅니다.

집에서 자식 잘못 키웠다고 아내만 타박합니다. 자식 안 가르치고

집에서 뭐했느냐는 것입니다. 자기는 죽어라고 돈 벌어 왔는데

집에서 한 게 뭐냐는 것입니다. 창피해서 못 살겠다고,

죽고 싶다고 외쳐댑니다.

아내를 원망하는 남편에게 치유 작업을 합니다.

남편이 깨닫습니다.

예, 제가 잘못했습니다. 제가 그렇게 가르쳤네요.

하는 짓이 하도 못마땅해서 아들이 어렸을 때부터 툭하면 차고

때리고 했다는 것입니다. 자기 아들이 다른 사람을 미워하고

때리는 것, 자기가 가르친 것이고 자기도 아버지로부터

배운 것이라고 하면서 고개를 푹 숙이고 흐느끼던

남자의 어깨가 떠오릅니다.

그래서 물었습니다.

당신 아들이 언제부터 아이들을 때렸느냐고요.

유치원 시절에도 다른 아이를 때려서 불려간 적이 있었다고 합니다.

그때는 별로 혼도 내주지 않았다고 합니다. 자기 아들이

맞지 않고 때린 것이 그때는 오히려 대견해 보이더랍니다.


사랑하는 법도 배우듯 이렇게 미워하고 때리는 것도

배우게 되고 대물림을 하게 됩니다.

폭력과 미움에서 벗어나려면 지금까지의 생각과 행동을

멈추어야 합니다. 모든 변화는 이렇듯 일단정지에서 시작합니다.

그 변화는 나로부터 시작합니다.

# 남성성이 부족한 사내아이들이 너무나 많습니다

옛날에 한 여인이 있었습니다.

결혼을 했는데 남편이 마음에 들지 않습니다.

착하고 유해서 좋은데 영 남자답지 않습니다.

무슨 일을 하든 화끈하게 처리하는 것이 없습니다.

일을 하는 것 같기도 하고, 하지 않는 것 같기도 합니다.

특히 소를 사고팔거나 땅을 사고파는 일, 동생들 장가들이는 일

같은 큰일 앞에서는 결정을 못하고 무조건 미룹니다.

여인은 그때마다 동네에서 가장 남자답게 일을 처리하는

어른을 찾아가 상의를 합니다. 이때 꼭 큰아들을 동행시킵니다.

아들을 동행시키는 이유는, 남의 시선도 있지만 커가는 아이에게

남자다운 모습을 보여주고 싶었기 때문입니다. 아버지로부터는

물려받지 못한 남성성을 배우게 하고 싶었던 것입니다.

요즘 사내아이들을 보면 남성성이 부족한 것이 여실하게 보입니다.

당연합니다. 아이가 자라면서 남자다운 남자,

아니 남자를 만날 기회가 거의 없습니다.

집에서는 아버지를 만날 기회가 거의 없습니다.

유치원에 가도 대개 여자 선생님입니다. 초등학교에도 거의
여자 선생님입니다. 6년 동안 남자 선생님을 만날 기회가
아주 희박합니다. 중학교에 들어가도 절반이 여자 선생님입니다.


50 후반 중년 남자의 고백입니다.
아들을 낳고 사우디아라비아 현장으로 나가게 됩니다.
5년이 지나고 와서 보니 아이는 유치원에 다닙니다. 돌아와서도
다시 건설 현장을 따라 여기저기 전전합니다. 그러다 보니
어느새 아들은 서른이 넘었고 자신은 오십 후반입니다.
가장 힘든 일이 무엇이냐고 물었더니 자식들과
함께 있는 것이라고 합니다. 밥 먹을 때도 어색하다는 것입니다.
가족들과의 만남의 시간에 서로 눈을 마주하라고 하는데,
이 부자는 서로 눈을 보지 못합니다. 고개를 돌리거나 눈을 돌려
먼 데를 보거나 아예 눈을 감습니다. 아들이 말합니다.
자기는 직장에서 윗사람들과 관계하는 것이 제일 힘들다고요.
또 남자보다 여자를 만나는 것이 훨씬 쉽다고요.


아동발달 분야의 연구에 따르면 엄마가 항상 함께해 준다 해도
아버지의 부재는 어떻게 해줄 수가 없다고 합니다.
아이가 건강하게 자라려면 모성과 부성이 다 필요합니다.
이것이 우주의 질서입니다.

아빠와 많은 접촉을 가진 5개월 된 사내아이들이
다른 사람에게도 거부감을 덜 느낀다고 합니다.
아빠와 같이한 시간이 많은 두 살짜리 아이가
낯선 사람과 함께 있어도 덜 운다는 것입니다.
아이들은 엄마와 함께하거나 놀이를 할 때와는
전혀 다른 분위기를 아빠와 함께할 때 느낀다고 합니다.
부성과 남자다움이 배는 시간입니다.

혹시 자기가 남자다움이 부족하다거나 부성애가 잘 발현되지
않아서 고민하는 분이 있다면 다시 시작하기 바랍니다.
과거는 어떻게 고칠 수 없으니, 다시 그런 아빠를 만날 수는
없으니 역할 모델을 정해서 그분을 멘토나 선생님으로
가까이 모시고 배우는 것입니다.

우리 모두는 남자나 여자, 한 성으로 태어났습니다.
하지만 이는 생물학적으로 그런 것입니다.
영적으로나 사회적으로는 아닙니다.
더욱 남자다운 남자가 되고 여자다운 여자가 되려면
배우고 또 배워야 합니다.

# 내 자식이기 전에 한 남자이고 한 여자입니다

딸만 둘인 친구가 있습니다.

둘째 딸이 하도 예뻐서 많이 안아주고 TV를 볼 때도 무릎에
앉히곤 했답니다. 어느 날 부인과 손을 잡고 소파에 앉아
TV를 보고 있는데, 둘째 딸이 아주 시기 어린 태도로
엄마 아빠가 잡은 손을 당돌하게 떼고서는 아빠 손을 잡고
중간에 들어와 나 여기서 TV 볼 거야, 하면서 앉더라는 것입니다.
그러면서 친구가 하는 말입니다. 야, 그때 섬뜩하더라고.

반대로 아들을 끼고 만지작거리면서 소파나 침대에서 노는
엄마가 있습니다. 초등학생이 되고 중학생이 되었는데도
엄마와 같이 자려고 하는 아이들이 있습니다.
심지어는 다 큰 아들 목욕까지 시켜주는 엄마가 있습니다.
다 자란 딸 방에 아무 때나 들어가 예쁘다고 포옹하는
아버지가 있습니다. 안 됩니다.

내 자식이지만 한 인간입니다.

한 남자이고 한 여자입니다.

부모가 먼저 그렇게 보아주어야 합니다.

자식들이 달라붙어도 분리시켜 주어야 합니다.


초등학교 3, 4학년이 되면 자식이 아무리 예쁘고 귀여워도,

아무리 달라붙는다 해도 자녀를 떼어놓아야 합니다.

무릎에 앉히거나 같은 방, 같은 침대에서 잔다면

자녀들이 건강하게 자라는 것을 부모가 막는 셈이 되고 맙니다.


그렇게 자라난 아이들은 나중에 배우자를 찾는 데

어려움을 겪을 수 있습니다.

엄마 품 같은 여자를 찾기가,

아빠 무릎 같은 남자를 만나기가

쉽지 않으니까요.

## 숨바꼭질의 핵심은 나를 찾아달라는 것입니다

큰딸이 사춘기에 접어들면서 말을 하지 않습니다.

마음의 문을 닫고 영 열지를 않습니다.

늘 무표정하거나 화가 나 있는 얼굴입니다.

달래고, 어르고, 윽박질러보아도 얼어붙은 딸아이의 마음은

더 차가워져만 갑니다. 갈수록 태산입니다.

속이 상하고 화가 나고 답답해서 어머니가 잔소리를 시작합니다.

너 왜 그래? 엄마 아빠가 너한테 뭘 잘못했는데?

너 때문에 내가 미쳐, 미친다고!

딸이 얼굴을 쳐들고 눈을 부릅뜨면서 대듭니다.

제발 나 좀 가만 놔두라고요!

화가 머리끝까지 난 엄마가 소리칩니다.

내가 어떻게 너를 가만둘 수 있어! 내가 네 엄마이고, 너는 내 딸인데.

딸이 엄마에게 대드는 것을 옆에서 보다가 성질이 난 아버지가

손찌검을 합니다. 그러면서 너는 내 딸도 아니니 나가라고

호통을 칩니다. 딸은 집을 나갑니다.

집을 나간 딸이 밤이 깊도록 돌아오지 않자 걱정이 된 부모는

딸을 찾아 날이 새도록 돌아다닙니다.

딸은 할머니 집으로 갑니다. 할머니가 새벽 기도를 다니니 새벽에
문이 열리면 그때 들어갈 생각으로 할머니 집 앞에서 기다립니다.

그때 엄마 아빠가 찾으러 옵니다.

들키지 않으려고 숨습니다. 미안하기도 하고 안심이 되기도 합니다.

나를 이렇게 찾으러 다니시는구나.

하지만 지금 나가기는 창피합니다. 숨어서 자기를 찾는
엄마 아빠를 지켜봅니다.

이렇게 아이들은 이런 상황을 조금은 즐기는 경향도 있습니다.


이미 커버린 아이들, 특히 사춘기에 접어든 자녀들을 때려서
새롭게 할 수는 없습니다. 때려서 사람 만들기는 이미 늦었습니다.

때려도 아주 어렸을 때 기억이 별로 없을 때 때려야 합니다.

사춘기의 아이들은 이미 어른입니다. 어른으로 대해주어야 합니다.

차근차근 부모님의 마음을 전하고 기다리고 기다려야 합니다.

속이 터져도 기다려주어야 합니다.

이렇게 기다려주는 인내 그 자체가 자식에 대한 사랑이고
신뢰입니다. 그러면 언젠가는 분명히 부모님의 진심을
알게 될 것입니다.


숨바꼭질.

숨바꼭질의 핵심은 나를 찾아달라는 것입니다.
숨었는데 찾아주지 않으면 정말 싱겁습니다.
또 깊이 숨지 않아서 쉽게 발견되어도 맛이 없습니다.

아이와 까꿍놀이를 합니다. 아장아장 걷는 아이를 두고
엄마 아빠가 숨습니다. 그러면 아기는 엄마 아빠를 찾습니다.
바로 나타나서 까꿍! 하면 아이는 아주 반색을 합니다.
바로 보이지 않으면 유일한 의지의 대상이 없어졌다는 두려움,
버려졌다는 공포에 사로잡히면서 그냥 울어버립니다.
그렇게 사라졌다 나타났다 하면서 아이에게 엄마 아빠는
눈에 보이지 않아도 너와 함께하고 있다는 믿음을 주는 것이
까꿍놀이입니다.

숨바꼭질은 어른이 되어서도 끝나지 않습니다.
한 회사의 사장으로 정년을 마친 예순 중반의 남자가 있습니다.
은퇴식을 하고 6개월이 지나자 자기를 찾는 후배들이 거의 없고
안부를 묻는 전화도 점점 줄어듭니다.
내가 지들을 어떻게 키웠는데, 내가 직접 다 뽑고
내가 그 자리 다 만들어주었는데, 이놈들이 이럴 수 있어?
화가 나고 울분이 쌓이고 평생 앓아보지 않은
우울증이 찾아옵니다. 자살 충동까지 느낍니다.

전에도 그러했고 지금도 그러하듯, 오늘도 우리는 그 무엇을
찾아가는 삶의 숨바꼭질, 삶의 까꿍놀이를 하고 있습니다.

찾을 때도 되었는데, 만날 때도 되었는데
못 찾겠다 꾀꼬리, 나는야 언제나 술래.

술래로만 인생을 마칠 수는 없는 일입니다.

## 자식들에게 속아주면서 사는 것입니다

고등학교에 다니는 아들녀석이 밤 11시가 넘었는데
문방구에 갈 일이 있다며 나갑니다.
아버지는 그러라고 대답합니다. 그러나 아버지는 압니다.
아들이 문방구에 볼일이 있어서가 아니라 아마도
여학생을 만나러 나가는 것임을. 그러면서 떠올립니다.
자기의 고등학교 시절을. 자기가 아버지에게 그랬듯이
어쩌면 저렇게 아들이 똑같이 할까.
방에 들어간 아버지는 그날 밤 잠을 이루지 못하고 뒤척이면서
내내 돌아가신 아버지 생각에 잠깁니다. 알고도 모르는 척해 주신
아버지의 그 깊은 속내를 처음으로 느끼는 것입니다.
오늘 밤 이렇게 자식이 아버지의 사랑을 가르쳐주고 있는 것입니다.
아버지께 미안하고 고맙습니다. 고생만 하다 가신 아버지가
불쌍하기도 하고, 그래서 안타깝고 그리운 마음에 눈물도 쏟습니다.
여러 형제들 중에서 유독 아빠의 사랑을 듬뿍 받으며
자란 한 여학생이 있었습니다.
다른 형제들은 혼도 나고 맞기도 했지만 이 학생은

한 번도 맞은 적이 없습니다. 그래서 큰언니로부터

미움도 많이 받고 다른 형제들로부터 부러움을 받으며 자랐습니다.

어느 날 아버지로부터 용돈을 받습니다.

그런데 같은 명목으로 두 번이나 받습니다.

아버지가 모를 거라 생각하고 아주 당당히 이야기를 하고

용돈을 받습니다. 아버지가 용돈을 받고 돌아서서 가는 딸을

부르더니 그러더라는 것입니다. 너 두 번 타가는 거다.


한 친구가 있습니다.

그의 부모님은 시골에서 평생 농사일을 해오셨습니다.

영어에 대해서는 ABC도 모릅니다.

그는 용돈을 타냅니다.

영어 사전 산다고 타내고, 딕셔너리 산다고 타내고,

콘사이스 산다고 타내고…….


알고도 속고 모르고도 속고, 그렇게 속아주고 눈감아준 부모님과

가족들 덕택에 내가 지금 이렇게 살고 있는 것은 아닐는지요.

더욱 고마운 것은 내가 헛말을 해도, 불려서 말해도,

불리한 것은 좀 빼고 말해도, 심지어는 거짓말을 해도

눈감아주고 덮어주시는 존재계의 사랑입니다.

신이 있다면 이렇게 속아주는 사랑이 아니겠는지요.

자녀들의 거짓말을 조금은 모르는 척하는 것, 조금은 속아주는 것,
내가 어른이 되고 사랑이 되는 통로입니다.
자식들은 오늘도 나를 키우기 위해 이모저모로 수고하고 있습니다.

눈 뜨면 이리도 좋은 세상,
눈 감으면 이리도 편한 세상입니다.

## 이혼을 해도 자녀와의 관계는 계속됩니다

대학 2학년 여학생입니다.

낳아주신 엄마를 보고 싶습니다. 그리움이 사무칩니다.

그런데 동시에 죄책감이 올라옵니다. 여태 길러주신 엄마를

배신하는 것이 아닌가, 양심에 가책이 옵니다.

그동안 엄마가 얼마나 나에게 잘해주었는데,

자기가 낳은 자녀들보다 더 잘해주었는데…….


이혼은 부부가 하는 것입니다.

자녀가 하는 것이 아닙니다.

부부 관계를 하지 않는 것일 뿐, 이혼 후에도

부모와 자녀의 관계는 계속되는 것입니다.

이혼을 한 가정에서 엄마 아빠를 만나지 못하게 하거나 아예

이야기도 꺼내지 못하게 하는 경우가 있습니다.

아이들은 자기를 낳아준 친엄마, 친아빠가 보고 싶고 그립지만

참고 누릅니다. 혹시 들킬까 봐 눈치를 보며 자랍니다.

그러다 나이가 들고 청년이 되면 힘이 생겨서 보고 싶다고,

찾고 싶다고 말을 합니다. 아니면 몰래 찾아서 만납니다.
아주 당연한 일입니다.

부모가 이혼을 하고도 상대를 존중해 주면 자녀가 잘 자랍니다.
그러지 않고 상대를 비난하면 그 아이 안에 있는 상대를
거부하는 것이고, 결국 자기 자녀를 비난하고 거부하는 것이
됩니다. 그러면 자녀는 잘 자라지 못합니다.
반항하고 삐뚤어집니다.

아주 어렸을 때 부모님이 이혼을 해서 엄마를 기억하지 못하는
서른 초반의 남성이 있습니다.
엄마에 대한 기억이 없습니다. 자기를 버리고 간 엄마를
늘 원망하고 살았습니다. 그래서 자기는 엄마를 보고 싶지 않다고
말합니다. 정말은 보고 싶지요? 하고 물어도 아니라고 대답합니다.
그러면서 눈물을 흘립니다.
보고 싶지 않다고 말하는 것은 보고 싶다는 뜻입니다.
정말은 보고 싶지요? 그동안 많이 보고 싶었지요?
보고 싶은 것이 당연해요 하니깐 엉엉 울면서 그렇다고 대답합니다.
그때 저는 눈을 감고 엄마를 불러보라고 했습니다.
그것도 아주 크게 불러보라고.
그동안 얼마나 소리 높여 엄마를 불러보고 싶었을까요.

10년 넘게 보지 못한 엄마를 드디어 찾아 만납니다.

그런데 어찌 그리 닮았는지요.

이야기하다가 울고, 울다가 이야기하면서 웃고…….

서로가 미안하다고 합니다.

서로가 용서해 달라고 합니다.

서로가 행복하게 살자고 합니다.

우리 이제 헤어지지 말자고

다짐에 다짐을 합니다.

우리는 얼싸안습니다.

한동안 그렇게 가만히 있습니다.

이런 삶이 있어 고마울 뿐입니다.

## 자녀교육 문제를 두고 다투는 것의 실상은?

아이를 유학시키겠다는 아내의 요구가 끈질깁니다.
남편은 그럴 형편이 못 된다고 말합니다.
설사 형편이 된다고 해도 인맥 문제도 있고 하니
대학까지는 우리나라에서 나와야 한다고 주장합니다.
아내는 구태의연한 사고라며 일축합니다.
그렇게 다툰 지가 3년이 되었습니다. 이제는 이 일로
이혼까지 생각하고 있습니다.

남편이 몹시 흥분해서 찾아와 말합니다.
도대체 내 말을 듣지를 않습니다. 이럴 때 어떻게 하면
좋겠습니까? 선생님이라면 어떻게 하시겠습니까?
저는 아무 말도 하지 않고 잠깐 침묵합니다.
아주 걱정 어린 표정으로요. 그리고 아주 천천히 입을 뗍니다.
예, 화도 나시고 혼란스러우시지요? 저라도 그럴 것 같습니다.
저는 그런 경우를 접하지 않아서 잘 모른답니다.
하지만 함께 고민을 나눌 수는 있습니다.

자녀를 잘 키우고 싶은 마음은 두 분 다 마찬가지인 것 같습니다.
그런데 자녀를 잘 키우려다가 이혼을 하게 되면
어떤 결과를 낳게 되지요?
예, 자식을 가장 못 키우는 결과를 초래하게 됩니다.
그러시지요?
……
그렇게 서로 이야기를 합니다. 마지막에 저는 이런 말로 맺습니다.
부모님들은 다들 자식을 잘 키우고 싶어 합니다.
그런데 자세히 들여다보면 대개는 이렇답니다.

첫째는, 부모가 과거에 자랄 때 중요하게 여겼던 점이나
부족했던 점을 교육하려 한다는 것입니다. 그것이 서로 다를 때
부모는 교육 방식을 두고 다투게 됩니다. 실제는 자녀교육이
아니라 두 원가족의 가치관이 충돌하고 있는 것입니다.

둘째는, 아이도 부모님이 중요하게 여겼거나 부족했던 것을
그대로 이어받아 무의식중에 믿고 따르게 된다는 것입니다.
자녀 안에는 어떻게든 양 부모님이 평생 살게 됩니다.

셋째는, 부모님이 서로 다투다가도 결국은 한쪽이
다른 쪽의 의견을 따르게 된다는 것입니다. 이때 자녀들은 대개

자기 의견을 포기하고 따른 사람의 편이 됩니다.

어린 나이에 미국 유학을 떠난 사람들을
오랫동안 많이 만나보았습니다. 잘 자란 사람들보다는
그렇지 못한 사람들을 더 많이 만났습니다.
실력을 갖추어 자격증은 받았는데 정서가 불안하고
정신이 자라지 못했습니다. 책을 읽지 않아서 정말 아는 것이
없습니다. 자기가 무엇을 하고 싶은지를 모릅니다.
거짓말 속에서 사는데 그것도 모릅니다.
그러면서 아는 척, 가진 척, 척하기로 자기를 포장합니다.

영어몰입교육을 한다고 해서 유치원까지 영어 바람이
불고 있다고 합니다. 유치원이 영어학원으로 바뀝니다.
우리말보다 영어를 더 잘한다고 부모님들이 자랑스러워합니다.
우리가 이렇게 영어에 매달리는 것은 아마도 자기가 영어를
못했다는 부족감 때문이거나 영어 하나 잘해서 이득을 많이 보고
있는 사람을 주위에서 보았기 때문일 것입니다.

저는 기억합니다. 초등학교 때 천자문을 아주 달달 외우던
친구를요. 그런데 어느 날 보니 천자문과는 상관없이 살고 있습니다.
그렇다고 영어 공부를 반대하는 것은 추호도 아닙니다.

영어, 잘해야 합니다. 아주 능통하게 해야지요.

이제는 그런 시대가 되었습니다.

하지만 너무 일찍 영어를 가르치고 조기유학을 하는 것은

아주 심사숙고해야 한다는 생각입니다.


자녀 교육으로 다투고 있는 가족이 있습니까?

자녀를 잘 키우려는 서로의 마음부터 알아주어야겠습니다.

서로 존중하며 의견을 나누고 나눕니다. 서로가 잘 듣고 말합니다.

자녀들과도 함께 상의합니다.

그러면 그중에서 가장 좋은 방법을 찾게 되어

우리 자녀들을 가장 좋은 방법으로 키울 수 있습니다.

## 유산한 아이는 어떻게 되나요?

아기가 생기지 않아 아주 초조한 여자가 있습니다.
결혼 전에 인공유산을 세 번이나 했기에 임신이 잘 되지 않는다는
것입니다. 그렇지 않아도 남몰래 홀로 미안하고 슬펐는데,
산부인과 의사로부터 그 말을 들은 날부터
여자는 심한 죄책감에 빠져 우울한 날을 보냅니다.

상담을 하거나 코칭을 하다 보면 꼭 인공유산이 나옵니다.
특히 피임법이 발전하지 못했던 시절, 아들딸 구분 말고 둘만 낳아
잘 기르자며 가족계획 운동을 벌이던 그 시절을 지나온 사람들
가운데는 인공유산 경험이 있는 사람이 적지 않습니다.
요즘은 성관계가 자유로워지면서 젊은이들이 임신이 되면
쉽게 인공유산을 택하는 경우가 많아졌습니다.
인공유산은 어른들이 부담을 지지 않으려고 아이에게
마지막을 요구한 경우입니다. 그러고 나서 자유롭다고 합니다.
세상살이에서는 자유로워졌을지 모르지만
영혼 깊은 곳에서는 아닙니다.

죄책감이 올라오고, 미안하고, 슬픕니다.

괜한 우울증에 시달리고 불면증도 찾아올 수 있습니다.

이런 죄책감과 불안, 두려움에서 벗어나려고 새벽마다 기도하고

절에 가서 불공을 드립니다. 그러면서 거기에서 헤어나려 합니다.


아이는 이미 가서 평화롭습니다.

죽는 것이 나쁜 것만은 아닙니다. 거기까지가 자기의 운명이라고

받아들이고 큰 운명에 순종하고 있습니다.

아이는 이미 눈을 감았습니다. 아이는 이미 평화롭습니다.

하지만 부모는 거기에 있지 않습니다.

그래서 불안하고 죄책감에 시달립니다. 전혀 평화롭지 않습니다.


부모는 이때 깨어나서 알아차려야 합니다.

눈을 감지 말고 똑바로 떠야 합니다. 인공유산을 생각이 아닌

사실대로 보는 것입니다. 내가 원해서 그렇게 한 것입니다.

그 책임을 자기가 그대로 지는 것입니다.

부모가 잘되도록 길을 열어준 아이를 진실과 진정으로

자기 자식으로 받아들입니다.

스스로 아이에 대해 충분히 애도하게 합니다.

아이의 죽음에 대해 애도하지 못한 미안함이 가시게 합니다.

죄책감이 덜어지게 합니다.

그러고 나서 눈을 감고 아이의 눈을 본다고 상상하면서
고백하게 합니다. 아이에게 이름도 지어줍니다.

너는 내 안에 사랑으로 살아 있다.
너는 내 아이란다.
이제 우리는 너를 가게 한다.
미안하고 고맙다.

죄를 짓고 그 죄를 지고 가는 영혼은 아주 크게 됩니다.
죄를 지어보지 않은 영혼이나, 자기 죄를 감추려고
죄 지은 사람들을 판단하고 비난이나 하는 영혼은
자랄 수가 없습니다.
그래서 그런 사람들의 영혼은 가볍고 무게가 없습니다.
깊이가 없고 향기가 없습니다.

죄가 많은 중에 은혜가 많습니다.

## 가슴과 머리, 손과 발로 낳은 자식도 있습니다

자식을 낳지 않고 기르지 않은 사람에게는 사람 되는 길,
어른 되는 길이 없느냐고 묻는 분들이 있습니다.
길은 있습니다.
단지 내가 모를 뿐이지 길은 다 있는 것이지요.
내 생각에 갇힐 때에만 길은 없는 것입니다.
안다는 생각에 갇히지 말고 모른다는 생각에 갇히지 말고,
안다는 생각을 내려놓고 모른다는 생각도 내려놓고,
모르는 그것을 알아가는 자세가 바로 수행자의 태도이며
삶을 예술로 가꾸는 이의 자세입니다.

어떤 길이 있느냐고요?
내 배로 낳은 자식만 자식이 아닙니다.
가슴으로 낳은 자식도 있을 수 있고,
머리로 낳은 자식도 있을 수 있지 않을까요?
아니, 손발로 낳은 자식도요. 그렇습니다.
가슴과 머리, 손발로 낳은 자식, 곧 제자입니다.

제자를 자식 삼아 키우는 것입니다.
자식처럼 후원하고 키우는 것입니다.
내가 가진 기술, 지혜, 지식, 사랑, 돈…… 다해서
자식 키우듯이 키우는 것입니다.

그렇게 사람을 키우는 것이 바로 나를 키우는 것이고
나의 영혼을 키우는 것입니다.
내 삶의 유산을 잘 상속받아 그것을 더 잘 키워서
이 지구별을 더 밝고 환하게 할 인재를 찾아 키우는 일,
정말 아름답고 가장 보람되게 사는 길이 아닐는지요.

결혼

# 엄마는 그래도 되는 줄 알았습니다

심순덕 | 시집 《엄마는 그래도 되는 줄 알았습니다》 대회, 2002년

엄마는

그래도 되는 줄 알았습니다

하루 종일 밭에서 죽어라 힘들게 일해도


엄마는

그래도 되는 줄 알았습니다

찬밥 한 덩이로 대충 부뚜막에 앉아 점심을 때워도


엄마는

그래도 되는 줄 알았습니다

한겨울 냇물에서 맨손으로 빨래를 방망이질해도


엄마는

그래도 되는 줄 알았습니다

배부르다 생각 없다 식구들 다 먹이고 굶어도

엄마는
그래도 되는 줄 알았습니다
발 뒤꿈치 다 헤져 이불이 소리를 내도

엄마는
그래도 되는 줄 알았습니다
손톱이 깎을 수조차 없이 닳고 문드러져도

엄마는
그래도 되는 줄 알았습니다.
아버지가 화내고 자식들이 속썩여도 끄떡없는

엄마는
그래도 되는 줄 알았습니다.

외할머니 보고 싶다
외할머니 보고 싶다, 그것이 그냥 넋두리인 줄만

한밤중에 자다 깨어 방구석에서 한없이 소리죽여 울던
엄마를 본 후론
아!
엄마는 그러면 안 되는 것이었습니다

## 사랑한다는 말을 듣지 못하는 까닭은

서른다섯이 되도록 한 번도 남자로부터 사랑한다는
말을 듣지 못한 여자가 있습니다.
고등학교를 나왔고 직장도 있습니다.
무슨 큰 결함이 있는 것도 아닙니다. 그런데 한 번도
사랑한다는 고백을 받아본 적이 없습니다.
그래서 가장 부러운 것이 프러포즈를 받아보는 것입니다.

마흔이 넘어가는 남자입니다.
한 번도 사랑한다는 고백을 들어보지 못했습니다.
그렇다고 여자들과 멀리 지내본 적은 없습니다.
주변에 늘 여자들이 있었습니다.
대학 운동권 때도, 교회 다닐 때도, 여자들은 늘 있었지만,
좋다고 쫓아오는 여자는 한 명도 없었습니다.
더 잘해주어도 그때마다 여자들은 도망갔습니다.
사랑하는 것보다 사랑을 고백하는 것이 훨씬 힘이 듭니다.
사랑을 고백하면 엄청난 일이 일어납니다.

내가 한 남자에게, 한 여자에게 사랑한다고 말하면
어떤 일들이 일어날까요?
고백하는 사람의 영혼에 무슨 일이 일어날까요?
그 고백을 듣는 상대에게는 무슨 일이 일어날까요?

당신을 사랑합니다!
이 고백은 하는 사람에게나 듣는 사람에게나 몸과 영혼을
전율하게 합니다. 이 고백은 두 사람을 어디로 끌고갈지 모르는
엄청난 힘이 있는 말입니다.
그래서 그 말을 하고 싶어도 한편으로 고백하는 것이
두려운 것입니다. 두렵다 보니 한 번도 사랑한다는 고백을
못하거나 받지 못하고 사는 것입니다.
사랑한다는 말을 듣지 못하고 산 사람들은 대개가
사랑한다는 말을 하지 않고 산 사람일 것입니다.

나, 너 사랑해!

이 지구에서 가장 강력한 말이 이것입니다.

서른다섯이 되고 마흔이 되도록 사랑한다는 고백을 듣지 못하고
이제는 거의 포기하고 살아가는 이 남녀에게 연습을 시킵니다.

지금 함께하고 있는 사람 중에서 마음이 가는 사람에게 가서
사랑을 고백해 보라고요.
자기가 받고 싶은 대로 먼저 주어보라고요.

살아 있다는 것은 사랑을 고백할 수 있다는 뜻입니다.
살아 있다는 것은 사랑을 받을 수 있다는 뜻입니다.
우리는 이 땅에서만 사랑을 주고받을 수 있습니다.

이곳은 사랑을 고백하고 사랑을 주고받기에 가장 알맞은 곳입니다.
특히 젊은 남녀들에게 말합니다. 그동안 주저주저하고 미루어둔
사랑의 고백을 과감하게 한번 해보라고.
고백한 만큼 이익입니다.

언제나 봄날은 아닙니다.
봄은 곧 갑니다.

# 결혼은 가장 큰 사업입니다 🏠

서른네 살의 멋진 청년이 있습니다.

친구 결혼식장에서 한 여자를 봅니다. 첫눈에 반하고 맙니다.

집안에서 그렇게 결혼을 하라고 해도 그동안은

별로 관심이 없이 시큰둥했습니다. 그런데 그녀를 처음 본 순간

숨이 멎는 듯했습니다.

저 여자라면 당장이라도 결혼하고 싶은 마음이었습니다.

2년 동안 끈질긴 구애 끝에 결혼에 성공합니다.

세상을 다 얻은 듯 행복했고 힘이 절로 솟았습니다.

그런데 신혼여행을 다녀와서 고작 일주일을 살아보니

자기가 상상해 온 그녀가 아닙니다. 실망이 너무 큽니다.

살맛이 나지를 않습니다. 우울해집니다.

그래서 집에 들어가기가 싫습니다.

괜히 결혼을 했나, 후회를 합니다.

내가 저 여자의 뭘 보고 그동안 그렇게 반했던 거지?

갈수록 후회가 커집니다.

서른여섯 살의 직장 여성입니다.

그녀도 일에 빠져 사느라 결혼에 별 관심이 없었습니다.

그런데 우연히 여름휴가 중에 이혼 경험이 있는 한 남자를 만납니다.

그 남자는 초등학교에 다니는 자식도 있습니다.

그녀는 남자에게 강하게 끌렸습니다.

그 남자가 너무나 멋이 있습니다. 무엇이든 어떻게든

다 해주고 싶습니다. 모든 걸 다 주고 싶고,

평생 그 남자의 종이라도 되고 싶습니다.

그러면 자기는 아주 행복할 것 같습니다.

그래서 자기가 먼저 프러포즈를 하고 집안, 친구들의

반대에도 불구하고 적극적으로 나서서 결혼합니다.

한 달이 지나고 세 달이 되어 가는데,

이 남자가 자기가 생각했던 그 남자가 아닌 것입니다.

자상하지도 않고, 배려도 없고, 패기도 없습니다.

아는 것이 많은 줄 알았는데 아는 것도 별로 없고,

책을 많이 읽고 문화생활을 하는 줄 알았는데 그렇지 않습니다.

자기가 알던 그 사람이 아닙니다.

화도 나고 후회가 자꾸 올라옵니다. 자기 자신이 원망스럽습니다.

불면증에 시달리기까지 합니다. 누구에게 말도 하지 못하고

혼자서 끙끙 앓다가 친구에게 하소연을 합니다.

첫눈에 반했다는 것은 눈이 멀었다는 것입니다.

그 당시에는 보고 싶은 것만 보고, 또 그렇게 보입니다.

상대를 사실대로 보지 않습니다. 그동안 자기가 꿈꿔온 이상이
투사되거나 전이된 상으로만 상대를 보는 것입니다.

그들은 금방 알게 됩니다. 상상해 온 상대가 아닙니다.

생각해 온 상대가 아닙니다. 내가 그때 눈에 콩깍지가 씌었지, 하며
후회에, 실망에, 원망을 합니다.

이때 정신을 차리고 눈을 떠서 자기 생각이나 상상이 아닌,

투사나 전이가 아닌, 사실 그대로 상대를 보면서

상대를 있는 그대로 존중하게 되면

이 결혼은 서로를 엄청나게 자라게 해줍니다.

그러지 않고 자기가 상상하던 상대가 되어달라고 계속 고집하고
요구하면 그 결혼은 결국 서로를 키우지 못할뿐더러 오히려
서로를 졸아붙게 만들고 맙니다.


인생에서 가장 큰일은 결혼입니다.

누구를 만나느냐가 인생의 성패를 좌우합니다. 어떤 상대를
만나느냐에 따라 운명이 결정됩니다. 저희가 어렸을 때는
결혼식이다 혼인잔치다 하지 않았습니다. '대사'라고 했습니다.

우리 동네에 결혼식이 있다고 하지 않고
대사집이 있는데 너 놀러 갈래? 했습니다.

대사, 인생에서 가장 큰일이라는 말입니다.

결혼은 사업입니다. 사업 중에서도 가장 큰 사업, 대사입니다.

첫눈에 반하는 결혼은 과거가 선택을 하는 것입니다.

진정한 결혼은 미래를 선택하는 것입니다.

그래서 장래성이 있는 상대를 찾아야 합니다.

결혼은 어쩌면 투자 중의 투자가 아닐까 합니다.


첫눈에 반하는, 과거 회귀적인 사랑이 아닌, 같은 방향을 보고

앞으로 나아가는 동반자, 인생의 반려자를 맞이해야 합니다.

건강한 부부는 같은 방향을 보고 섭니다.

그렇지 못한 부부는 마주 봅니다.

마주 보면서 서로를 사랑한다고 하지만 이는 서로를 막는 것입니다.

이는 서로를 감시하는 것입니다.

진정한 사랑은, 건강한 부부는 같은 방향을 보고

함께 손잡고 나아가는 것입니다. 서로가 배우면서 말입니다.

그때 남자는 압니다.

자기에게 부족한 것이 아내인 여자에게 있다는 것을.

여자도 압니다.

자기에게 없는 것이 남편인 남자에게 있다는 것을.

그래서 서로가 존중하고 배웁니다.

이런 부부는 삶이 풍성하고 영혼에 향기가 솟아납니다.

첫눈에 반해서 하는 결혼을 대개는 사랑으로 하는
결혼인 줄 압니다. 그것은 느낌으로 하는 결혼입니다.
느낌은 곧 사라집니다.
사랑은 느낌을 포함하지만 그 이상입니다.
사랑은 영혼의 질서입니다.
사랑은 법이고 우주 원리입니다.

미래를 선택하는 결혼이 사랑으로 하는 결혼입니다.

## 결혼과 출산은 위대한 일입니다

들리는 소식 중에 기쁨을 주는 것이 있습니다.

결혼 안 하고 독신으로 살겠다던 사람들이 결혼한다는 소식입니다.

이 얼마나 기쁜 소식입니까?

사람으로 이 땅에 와서 내가 할 수 있는 것 중에 가장 크고

가장 중요한 일은 무엇일까, 곰곰이 생각을 해봅니다.

결혼해서 아들딸 낳는 일이 아닐까요?

다른 일은 다른 사람들이 다 할 수 있습니다.

하지만 자기 자식은 자기만이 낳을 수 있습니다.


결혼하지 않고 독신으로 혼자 사는 것이 편하다는 사람이 있습니다.

하지만 우리가 편하게 살려고 이 땅에 왔을까요?

가장 편한 길은 죽어 무덤 속에 있는 것이 아닐는지요.

우리가 이 세상, 지구별에 태어난 것은 편하게 사는 일 이상의

그 무엇이 있어서가 아닐까요?

어떤 이는 자식들을 잘 키우지 못할 것 같아서 아예

결혼을 하지 않거나 결혼을 해도 아기를 낳지 않겠다고 합니다.

자기가 크고 싶지 않다는 말을 그렇게 돌려서 하고 있는 것이지요.

결혼은 자기가 크는 과정입니다.
아기를 낳아야 비로소 어른이 되는 것입니다.
아기를 낳지 못하거나 안 낳으면 평생 어린이지요.
아버지, 어머니가 되어보지 못했으니까요.
그렇습니다. 내가 이 세상에 와서 하는 일 중에 가장 크고 중요한
일은 뭐니 뭐니 해도 결혼을 하고 아기 낳는 일입니다.

이 지구상에서 결혼하는 일이 100여 년만 그치면
지구에는 사람이라는 종이 사라지고 맙니다.
사람이 없는 지구, 어떻겠습니까?

## 결혼은 사랑의 꽃, 자녀는 결혼의 열매

아기를 갖지 못해 이혼을 하게 된 여인이 있습니다.

임신이 되지 않아 병원에도 가보고 용하다는 약도 먹어보고

공도 들여봅니다. 그래도 아기가 들어서지 않습니다.

나이가 들수록 시부모의 안달이 심해집니다.

처음에는 자기편을 들어주던 남편도 어느 날부터는 시댁 식구와

하나가 됩니다. 결국 여인은 이혼을 하고 억울해합니다.


남녀 사랑의 꽃은 결혼이고 결혼의 목적은 자녀를 낳는 것입니다.

이렇게 말하자 이 여인이 대들듯이 말합니다.

그것은 낡은 가부장적 사고라는 것입니다.

그래서 물었습니다.

그러면 이 시대에 맞는 결혼의 목적은 무엇이냐고요.

그랬더니 여하튼 그것은 아니라고 합니다.

여자가 무슨 씨받이냐는 것입니다.


결혼을 해서 아기를 갖지 못한 경우에는 남편이건 아내건

아기를 가질 수 없는 사람이 미안해해야 하고, 진정으로
용서를 빌어야 합니다. 그리고 떠나겠다는 말을 할 수 있어야 합니다.
배우자가 괜찮다고, 같이 살자고 하면 그것은 엄청난 선물입니다.
자기가 아기를 가질 수 없는데도 아닌 척하거나 오히려
더 뻔뻔하게 구는 사람이 있습니다.
상대가 다른 여자나 남자를 만나는 것은 아닐까 의심까지 하면서.
이런 부부는 법적으로는 부부일지 모르지만 실제적인 부부라
할 수는 없습니다.

산부인과적으로는 아기를 못 가질 이유가 없는데
영 아기가 생기지 않는 부부가 있습니다. 나이가 마흔이 넘어서자
아내가 결심을 합니다. 남편에게 말합니다.
내가 떠날게요. 당신은 장남인데 내가 아기를 낳지 못하면
당신이 장남 구실도 못하게 되고, 내가 영 미안하고
집안에 죄를 짓는 것 같아요. 이만큼 사는 것이
우리의 운명인가 봐요.
남편은 이때 비로소 알았답니다. 아내가 자기를 얼마나 진정으로
사랑하고 있는지를.
사실 전에는 조금씩 그런 생각도 했답니다.
아내가 아기를 못 가지면 다른 여자한테서라도
아기를 가져야 하는 것이 아닌가 하고요.

그런데 아내가 그렇게 말하자 오히려
아내가 자기한테 시집을 와서 아기를 가지지 못한 것이 아닌가
하는 미안함이 올라오는 것을 처음 알아차렸다는 것입니다.
아니라고, 정말 아니라고, 우리는 평생 함께 살자고
남편은 말했답니다.

얼마 후 온 가족이 모였을 때 자기 남편이 그러더라는 것입니다.
자식이 없으니 자기는 장남을 포기한다고요.
동생이 장남 몫의 상속도 받고 집 안을 이어갔으면 한다고요.
그때 아내는 남편이 자기를 얼마나 사랑하는지
알게 되었다고 합니다. 고마워서 눈물이 나더랍니다.

이 부부는 지금 아주 행복하게 삽니다.
대학생 연애하듯이 삽니다.
자녀가 없는 장점을 충분히 누리면서요.

## 결혼은 공동생활입니다

아내가 이혼하자는 말에 놀란 남편이 자기는
이혼 요구를 받을 만한 잘못이 없다고 말합니다.
돈 벌어다 주었고, 바람을 피운 것도 아니고
그래서 억울하기까지 하다는 것입니다.
아내가 왜 이혼을 하자고 하는지, 퇴근은 몇 시에 하고
퇴근 후에는 바로 집으로 가는지, 집에 가면 아내와
무엇을 하며 어떻게 지내는지 물었습니다.

퇴근하면 예전처럼 친구들을 만나 저녁 먹고 술 마시고
어울리다가 새벽에 들어간다는 것입니다. 집에 들어가면
아내와 함께 있는 것이 서먹하고 어색하다는 것입니다.
또 친구들과 어울리지 않으면 자기가 없는 틈을 타서
친구들이 모여 자기를 비난하고, 결국에는 자기를
'따'시킬 것 같아서 불안하고 그것이 두렵다는 것입니다.

그가 자기 이야기를 시작합니다.

학창 시절부터 늘 같이 어울리는 친구들이 있는데,

한 친구가 결혼한 뒤 아내에게 푹 빠져서 전과는 달리

저녁자리와 술자리를 피하곤 했는데,

그게 아주 남자답지 못하고 의리 없는 모습으로 보였다고 합니다.

그때 친구들이 서로 다짐을 했다고 합니다.

우리는 결혼을 해도 친구가 먼저다, 우리가 언제부터 만나왔고

어떤 사이인데, 우리는 절대 배신하지 않는다, 우리는

남자답게 의리로 산다…….

결혼을 하면 집으로 퇴근을 해야지요, 했더니

몰랐습니다, 그렇게 가르쳐주는 사람도 없었습니다라고 합니다.


결혼한다는 것은 다른 말로 하면 이제는 나에게

내 아내가, 내 남편이 제일 먼저라는 뜻입니다.

그러니 퇴근하면 당연히 친구와 어울리는 것을 끝내고

집에 가서 아내와 어울려야지요. 그것이 결혼 생활입니다.

친구들과 어울려 늦게 들어가야 할 경우에는 사전에 허락이나

동의를 구해야겠지요. 이것이 아내를 사랑하는 길이고

그렇게 사는 것이 결혼 생활입니다.


결혼을 했다는 것은 공동생활을 하기로 한 것입니다.

혼자 사는 것이 아니라 함께 살기로 한 것입니다. 그래서 서로가

대화를 해야 하고 상대가 싫다는 일은 하지 않아야 합니다.

그것이 사랑입니다.

담배 피우는 것이 싫다고 하면 피우지 말아야 합니다.

술 먹는 것이 싫다고 하면 술을 먹지 않아야 합니다.

양말을 벗어서 어디에다 어떻게 놓아달라고 하면 그렇게 하고

약속은 반드시 지키고 서로에게 폐 끼치는 일은 가능한 한

하지 않는 것이 서로를 사랑하는 길입니다.

# 결혼은 원가족을 떠나는 것입니다 🏠

결혼한 지 1년 된 30대 중반의 여성입니다.
남편이 자기 말을 잘 들어줄 순한 사람인 줄 알고
결혼을 했는데 속았다며 실망하고 분노합니다.
선배 소개로 만나 1년 넘게 교제를 했습니다.
교제 중에 그 남자는 친절하고 상냥하고 자기 부탁이라면
거의 다 들어주는 남자였습니다. 남자 집이 조금은 마음에
들지 않았지만 내가 그 집에 시집가는 것이 아니고
남자에게 가는 것이라는 생각으로 결혼을 했습니다.
그런데 신혼여행을 다녀오고 시집으로 인사를 간 그날부터
남편의 태도는 여태껏 볼 수 없었던 모습이었습니다.
친절하기는커녕 아주 권위적입니다. 자기를 마구 부리고
명령을 합니다. 시집이니까 저러나 하고 집으로 돌아왔는데
집에 와서도 그럽니다. 남편이 그러더랍니다.
자기는 그동안 결혼을 하기 위해 아닌 척했을 뿐
이것이 자기의 본모습이라고요.
실망한 여자는 친정으로 달려가 속았다고

친정 식구들에게 울며불며 야단을 떱니다.
이를 지켜본 아버지가 아주 따끔하게 말합니다.
이제 이런 일로 친정에 오지 마라. 전화도 하지 말거라.
이제 너는 우리 집 식구가 아니라 그 집 식구다. 명심하거라.
그러고는 휙 나가버립니다.

평소에 혹은 싸울 때 남편이 하는 말을 해보라고 했습니다.
너희 집 잘났더라. 우리 집 무시하지 마라. 나 무시하는 것은
봐주는데, 누구라도 우리 집 무시하면 가만있지 않는다.

남자를 남편으로 맞는다는 것은
시댁 식구들을 내 가족으로 맞이하는 것입니다.
남자도 마찬가지입니다. 여자를 아내로 맞는 것은
처갓집 식구들을 내 가족으로 맞이하는 것입니다.
서로가 존중해야 합니다.

여자는 시댁 식구들이 마음에 들지 않는다고, 수준이 낮다고
자기도 모르게 자주 비아냥거렸습니다.
남자가 그동안 상처를 입고도 의도적으로 아닌 척하다가
결혼식을 올리고 나서 드디어 속내를 드러내고
복수(?)를 시작했던 것입니다.

시집'가고', 장가'가고'…… 가는 것입니다.

그런데 가지 않고 오라는 사람들이 있습니다.

원가족을 떠나는 것이 결혼의 시작인데

서로 떠나지 않고 자기 쪽으로만 오라고 합니다.

평생을 자기 부모, 형제, 집을 떠나지 못하는 사람도 있습니다.


두 사람을 마주보게 하고는 이렇게 말했습니다.

여자가 남편에게 사과를 합니다.


미안합니다.

제가 잘 몰라서 그랬습니다.

이제 당신에게 시집갑니다.

당신과 함께 당신 가족을 내 식구로 맞이합니다.


이 고백에 굳어 있던 남편의 얼굴이 풀리고 눈에는 눈물이 고입니다.


고맙습니다.

많이 기다렸습니다.

당신이 그렇게 해주면 내가 신이 납니다.

저도 당신에게 장가갑니다.

결혼식을 올렸다고 결혼이 완성되는 것은 아닙니다.

완성이 아니라 이제 시작인 것입니다.

결혼, 그것은 평생 가고, 가고, 가는 여행입니다.

나를 떠나 너에게로

남성성을 떠나 여성성에게로

여성성을 떠나 남성성에게로

원가족을 떠나 자신의 새 가족에게로

부모를 떠나 아내와 남편에게로…….


떠나가고, 가고 가는 중에 알게 되는 가족.

사랑하면 알게 되고, 알면 보이나니

그때 보이는 가족은 분명 전과 같지 않을 것입니다.

## 결혼식 날, 신부 아버지가 행방불명?

결혼식이 시작되었습니다.

신랑에 이어 신부가 입장할 순서입니다.

그런데 신부가 입장을 하지 않는 것입니다.

신부 아버지가 갑작스레 사라져버렸습니다.

조금 전까지 신부와 함께 서 있었는데…….

아버지가 없으니 신부가 입장을 못하고, 하객들은 웅성거리고,

신부는 발을 동동 구르고, 주례도 어찌할 바를 모르고…….

얼마 후 사람들이 신부 아버지를 찾아왔습니다.

화장실에서 울고 있더랍니다.


다른 결혼식장에서의 일입니다.

신부 동생이 그렇게 울더랍니다. 동생은 함이 들어올 때도

신랑 친구들과 싸우기까지 했습니다.

그 동생이 하는 말이, 그렇게 허전하고 속상하고,

자기를 버리고 가는 누나도 그렇게 밉더라는 것입니다.

매형은 말할 것도 없고요.

결혼을 앞둔 딸을 둔 어머니가 있습니다.

딸을 보낸다는 것이 불안합니다. 사위는 무슨 도둑놈 같고,

그런 놈에게 쏙 빠진 딸이 무엇에 홀려서 가는 것 같습니다.

기도를 해도 명상을 해도 진정이 안 됩니다.

둘이서 2박 3일로 여행을 떠나보라고 권했습니다.

여행을 하면서 모녀는 그동안의 회포를 다 풀었습니다.

그렇게 회포를 풀고 나니 서로 이별하는 것이

사실로 다가오면서 담담해지고, 어머니는 딸을 잘 보내고

딸은 아름답게 떠나야겠다는 마음이 생기더랍니다.


아들을 장가보내는 어머니입니다.

며느리를 얻어 새 식구가 들어와서 좋기는 한데 한편으론

시샘이 나고 아들이 변한 것이 밉습니다. 이는 다 며느리 때문입니다.

이 가정에서 누가 뭐래도 중심은 나였는데 어느 날부터

바뀐 것입니다. 아들도 남편도 다 새 며느리 이야기이고,

온통 그 아이한테만 관심을 가집니다.

자기가 소외당하는 것에 화도 나고 쓸쓸합니다.

식만 끝나고 봐라, 내가 꼭 되갚아주리라.

복수 아닌 복수를 다짐합니다.


그러면 결혼식 날 좋은 사람은 없느냐고요? 있습니다.

신랑 아버지입니다.

결혼식 날 자세히 보세요. 신랑 아버지의 당당하고 환한 웃음을.

입은 귀에 걸려 있고, 걸음은 당당하고,

어깨에 힘이 들어간 그 모습을.


결혼은 결혼을 하는 당사자만이 아닌 가족 모두의 관계를

재구성하는, 인생에서 아주 큰일 중의 큰일입니다.

그러한 관계의 재구성을 통해서 우리는 삶을 살게 됩니다.

삶은 관계입니다.

## 처갓집과 화장실은 멀수록 좋다?

멀리서 아내나 남편을 구하는 것,
이는 당사자나 가문에 아주 큰 축복입니다.

조선을 세운 태조 이성계와 측근들이 연구를 했습니다.
고려가 왜 망했는지를.
그 원인으로 나온 것 중의 하나가 근친결혼이었습니다.
500여 년간 고려 왕조에서 집안끼리 결혼을 하다 보니
왕들이 다 멍청한 사람만 나오더라는 것입니다.
그래서 나온 것이 동성동본 결혼 금지입니다.
어떤 이는 말합니다. 우리나라가 이렇게 유능한 민족이 된 것은
바로 근친결혼을 법으로 막았기 때문이라고.

조선조에서 행한 또 하나의 일은 100리 이내 사람과는
가능한 한 결혼을 하지 말라는 것이었습니다.
왜 100리였을까요?
옛날 농경 사회에서 100리는 같은 5일장을 보는,

생활권이 거의 같은 사람들이 모여 사는 범위입니다.
100리 이내 사람들과 결혼을 하지 말라는 말에는 같은 생활권,
같은 음식을 먹는 사람들과는 가능한 한 혼인을 피하라는
지혜가 담겨 있었던 것입니다.
과학 중의 과학입니다.
결혼은 되도록 멀리 있는 사람과 하는 것이 좋다는 이야기입니다.

화장실과 처갓집은 가능한 한 멀리 있는 것이 좋다는 속담도
지금까지 회자되어 오고 있지 않습니까?
베트남에서, 필리핀에서, 중국에서, 유럽과 미국에서
아내나 남편을 맞이하는 사람은 복이 많은 사람입니다.
아주 우수한 후손이 나올 것입니다.
결혼의 제일 큰 의미는 뭐니 뭐니 해도 자녀 만들기가 아닐는지
요. 이왕에 태어날 자녀들이라면 더 우수한 자녀를 생산하는 것이
좋지 않겠습니까?

21세기 이종결합의 시대에 아주 이질적인 남녀가 만나
국경을 넘어서 하는 국제결혼은 위험한 만큼 그들을 향한
신의 뜻 또한 깊고 크다 하겠습니다.
가까이서 다 아는 사람들과 하는 결혼의 무게와는
그 운명의 무게나 깊이가 다릅니다.

멀리 다른 나라에서 아내와 남편을 데리고 오는 이들에게
놀라운 축복이 있기를 기원하고 또 기원합니다.

## 그 며느리가 들어와서 살림 늘었어

선보는 자리에서 마음의 상처를 입은 한 아버지가 털어놓습니다.
세상에 이런 일이 있습니까?
자기가 우리 딸 크는 데 뭐 보태준 것이 있습니까?
내가 왜 그런 말을 들어야 합니까? 그것도 우리 집사람과
딸 앞에서요. 이게 딸 둔 아버지가 치러야 하는 죄입니까?
신랑 어머니 되는 양반이 그러는 겁니다. 우리 딸을 보고서
말이에요. 그것도 양가 부모가 선을 보는 자리에서 말입니다.
왜 이렇게 말랐느냐, 그런 공부는 해서 뭐에 쓰느냐,
우리 아들이 손해다, 내가 기다리면 더 좋은 여자와
결혼할 수 있다고 수없이 이야기를 했는데도
하도 오늘 보자고 해서 억지로 나왔다.
더 실망스럽고 화가 나는 것은 그렇게 말하는 어머니에게
조금도 뭐라 말 못하는 신랑 아버지와 사위 될 사람이었습니다.
속에서는 에이 싸가지 없는 집 같으니라고,
나도 당신네 같은 집에는 딸을 보내고 싶지 않다, 하고
당장 딸을 데리고 일어서려 했지만

아내가 하도 말려서 간신히 그냥 앉아 있다가 왔습니다.
거절은 태초부터 우리 인간이 가지고 있는 두려움이고
불안이고 상처입니다. 더군다나 선보는 자리에서 이렇듯
노골적으로 당하는 거절은 평생을 두고 아픔을 주는 경우가
많습니다.

서른 초반의 여이시기 있습니다.
중매로 남자를 만납니다. 서로 교제가 잘되어 결혼 약속을 하고
신랑 될 사람의 가족에게 인사를 하게 됩니다.
신랑 아버지는 좋다고 하는데 그 앞에서 신랑 어머니와 누나가
대놓고 싫다는 말을 합니다.
신랑 가족을 만나기 전부터, 한 번도 보지도 않은 상태에서
자기를 싫어했다는 말을 들어서 알고 있었지만,
막상 앞에서 노골적으로 들으니 화도 나고,
내가 뭐하는 짓인가 하는 생각에 그만두려고 마음을 먹고
참고 참습니다. 하지만 남자의 사랑과 애원에
마음이 움직입니다. 내가 남자하고 결혼하지
시어머니, 시누이하고 결혼하나 하고 결혼을 합니다.

결혼을 했는데도 시어머니와 시누이는 자기 식구로
받아들여주지 않습니다. 늘 냉대하고 상처 주는 말을 합니다.

시간이 가면 달라지겠지, 아기를 가지면 나아지겠지 했는데
아기도 생기지 않습니다. 게다가 남편이 성관계를 잘하지 못하고
성의도 없습니다.
혼자 사는 것이 외로워 결혼을 했는데, 남편하고 맞는 것도
별로 없습니다. 문화 수준이 정말 차이가 납니다.
여자는 책과 음악, 문화에 관심이 많습니다.
반면에 남편은 회사원인데 그런 것들에 별로 관심이 없습니다.
차차 대화도 막혀가고 함께 공유할 이야기나 가족, 일이나 책,
음악, 문화 등이 없습니다.

남편은 남편대로 데이트할 때는 여자가 좋아하는 대로
열심히 함께했지만 결혼 후에는 별로 관심을 두지 않습니다.
오히려 그런 것들에 관심을 두고 자기에게 몰두하지 않는 아내가
싫고 불편합니다. 체면 때문에 노골적으로 막지는 못하면서
그럴 시간이 있으면 시댁에 가서 일을 하라고 은근히 종용합니다.
이제는 주부라고, 주제 파악이나 하라고 하면서 비아냥거립니다.

결혼한 지 7년이 넘었는데도 여전히 시누이는 말합니다.
여자가 잘못 들어와서 동생이 그렇게 안 풀리는 거라고.
시어머니도 시누이와 합세하여 쌀쌀맞게 대합니다.
이제는 아기도 낳지 못한다고 한술 더 떠서 말합니다.

이렇게 온 식구가 거절을 하는데 아기가 생길까요?
시험관 아기도 시도해 보지만 아기는 생기지 않습니다.
결국 여자는 이혼을 하고 맙니다.


이런 경우는 시댁 식구들이 이혼을 시킨 것입니다. 처음부터
식구로, 가족으로 맞이하지 않았기 때문입니다.
내 남동생을 훔쳐간 여자, 내 외아들을 빼앗아간 여자,
내 남동생과는 전혀 어울리지 않는 여자, 내 남동생을 무시할
똑똑하고 많이 배운 여자, 우리 아들을 쩔쩔매게 하는 여자······.
늘 경계의 대상이었던 것입니다.


선보는 자리에서는 정말 깨어 있어야 합니다.
아주 예의 있고 공손한 태도, 서로를 깊게 배려하는 자세여야 합니다.
설사 마음에 들지 않아도, 실망스럽다 해도
그것을 노골적으로 표현해서는 안 됩니다.
결혼의 성사와 상관없이 상대를 헐뜯는 말이나
쌀쌀맞은 인상을 주어서는 안 됩니다.
거절하고 냉대했던 말이나 태도는 결혼을 하고 나서도
가슴에 깊이 남기 때문입니다.


혹시 결혼 전에 반대를 했거나 마땅치 않다고 한 일이 있으면

결혼 후에라도 미안했다고, 그땐 내 생각이 짧아서 그랬다고,
잘 몰라서 그랬다고, 투사를 한 것이라고, 용서를 해달라고
진정으로 말해 보세요.
풀고 살아야 회복이 일어나고 사람으로서도 애정이 생기고
그래야 한 가족으로서 정이 깊어지게 됩니다.


시집오는 사람을 정성껏 맞이해야 합니다.
호적도 파서 오는, 일생일대의 결단을 내린 사람입니다.
그러니 아주 잘 맞아주어야 합니다.
아주 정성스럽게, 환대에 환대를 해야 합니다.
여자의 모든 과거까지도 온 가족이 맞아주어야 합니다.
과거를 맞이한다는 것은 과거를 묻지 않는다는 말입니다.
시댁에서 환대받지 못하는 여자, 얼마나 실망스럽고
맥 빠지겠습니까? 반대로 시댁에서 환대받는 여자,
얼마나 충성스럽게 신실한
시댁 사람이 되겠습니까?
그러면 이웃이 먼저 알고 말합니다.
그 집에 새 며느리가 들어오고서 살림 늘었어.
여자로 태어나 이 말 한번 들어보아야 하지 않겠습니까?


이런 삶이 있어 참 좋습니다.

## 재혼이 아니고 새혼입니다

저는 재혼이라 하지 않고 새혼이라 합니다.
다시 결혼하는 것이 아니고 새롭게 하는 결혼이라는 뜻입니다.

새혼에서 제일 중요한 것은 새롭게 자기 짝을 만나게 해준 전남편,
전 아내에게 감사하는 것입니다.
상대와 헤어지지 않았으면 새혼을 할 수 없거든요.
다시 말하면 상대가 이혼을 해줘서 새 아내, 새 남편을
만날 수 있게 된 것입니다. 그러니 상대에게 마음으로부터
진정한 감사를 해야 합니다. 그래야 영spirit이 전 관계를 끊어주고
자연스럽게 새로운 결합을 견고하게 해줍니다.

반대로 전남편, 전 아내를 미워하거나 의심하거나
멸시하는 태도를 가지게 되면 오히려 전남편, 전 아내를
자꾸만 끌어들이게 되어 악순환을 초래할 수 있습니다.
이 원리는 처음 결혼에도 적용이 되고 일반 교제나 직장에서도
다 함께 적용이 되는 영혼의 질서입니다.

자기 남편이 교제했던 여자들,
자기 아내가 교제했던 남자들,
전에 다녔던 회사에 대해서 감사를 하는 것입니다.
고개를 숙이면서 고백을 하면 됩니다.

내게 보내주어 고맙습니다.

감사의 고백이야말로
옛것을 끊고 새로운 것을 시작하게 하는
놀라운 힘이 됩니다.

# 깨끗하게 떠나고 깨끗하게 보냅니다 🏠

'나'의 인생이 무엇일까를 곰곰이 생각해 봅니다.
부모님에게서 태어나서, 부모님의 돌봄으로 자라,
독립해서 홀로 되고, 결혼을 해서 내가 부모가 되는 것,
그것이 나의 인생이 아닐까 합니다.

얼마나 건강한 부모를 만나느냐
얼마나 홀로 잘 살 수 있는 독립인이 되느냐
내가 얼마나 훌륭한 부모가 되느냐에 따라
나와 가족 전체의 삶의 질과 양, 깊이가 결정됩니다.

내가 제일 먼저 할 일은 건강해지는 것입니다.
부모를 떠나 독립하는 것입니다.
경제적으로나 정서적으로나 독립하는 것입니다.
부부 문제가 가족 문제로 번지기도 합니다.
거기에는 꼭 서로의 부모로부터
완전히 독립하지 못한 점들이 작동하고 있습니다.

건강한 개인이 되고 싶습니까?

건강한 부모가 되고 싶습니까?

그렇다면 더 이상 부모가 나를 지배하지 못하도록

선언해야 합니다.

부모를 사랑하지 않거나 존경하지 않는다는 것이 아니라

부모도 완전하신 분이 아니기에

그분들의 잘못된 양육 방식이나 그분들의 가치나 삶의 스타일,

고통스러운 기억들에서

내가 자유로워져야 한다는 것입니다.


삶의 원형은 내가 얼마나 잘 자라 얼마나 깨끗하게

잘 떠나느냐에 달려 있습니다.


문제가 있는 부부를 보면 늘 그 사이에 깨끗하지 못한

무언가가 끼어 있습니다.

어머니가, 아버지가, 돈이, 옛날 애인이, 종교가, 일이…….


부모를 떠나는 것, 그리고 서로가 연합하여 하나가 되는 것

그것이 결혼입니다.

결혼은 가족의 시작입니다.

떠나는 것이 먼저입니다.

깨끗하게 떠나는 것이
성숙하고 훌륭한 가족의 시작이며
깨끗하게 떠나보내는 것이
인생의 완성입니다.

부
모

# 늙으신 어머니의 발톱을 깎아드리며

이승하 | 시집《인간의 마을에 밤이 온다》문학사상, 2005년

작은 발을 쥐고 발톱 깎아드린다
일흔다섯 해 전에 불었던 된바람은
내 어머니의 첫 울음소리 기억하리라
이웃집에서도 들었다는 뜨거운 울음소리

이 발로 아장아장
걸음마를 한 적이 있었던 말인가
이 발로 폴짝폴짝
고무줄놀이를 한 적이 있었던 말인가

뼈마디를 덮은 살가죽
쪼글쪼글하기가 가뭄못자리 같다
굳은살이 덮인 발바닥
딱딱하기가 거북이 등 같다
발톱 깎을 힘이 없는

늙은 어머니의 발톱을 깎아드린다

가만히 계셔요 어머니
잘못하면 다쳐요
어느 날부터 말을 잃어버린 어머니
고개를 끄덕이다 내 머리카락을 만진다
나 역시 말을 잃고 가만히 있으니
한쪽 팔로 내 머리를 감싸 안는다

맞닿은 창문이
온몸 흔들며 몸부림치는 날
어머니에게 안기어
일흔다섯 해 동안의 된바람 소리 듣는다

## 낳아주신 것만으로도 다 하신 것입니다

부모들에게 평생 상처가 되는 말이 있습니다.

그러려면 왜 나를 낳았어요?

내가 당신 자식인 것이 원망스러워요!

예, 저를 호적에서 빼세요!

모두가 홧김에 하는 말들이지만, 부모님들에게는

아주 오랫동안, 아니 평생 동안 남아서 상처가 됩니다.


가끔은 아주 못된 부모들이 있습니다.

자식을 때리는 부모입니다. 화풀이의 대상으로,

학대의 대상 정도로 여기지요.

술만 들어가면 식구들을 집합시키고 괴롭히는 아버지도 있습니다.

밥도 제대로 챙겨주지 않고 사치에 빠진 엄마도 있습니다.

심지어 성희롱과 성폭행을 하는 아버지도 있습니다.

고아원에 버리는 부모도 있습니다.

정말 세상에 없었으면 좋을 일들입니다.

이런 일들이 일어나기 전에 혹은 일어난 후에라도

빠르게 치유하고 회복하는 여러 장치를 우리가 만들어야겠지요.
사회복지로든 법으로든 말이지요.


그래도 우리가 알아야 할 가족의 원리가 있습니다.
부모님이 어떠하든 나를 낳아주신 것,
그것 하나로 부모님이 되시기에 충분하다는 것입니다.
나머지는 어떠하든 네가 지고 가야 할 내 운명입니다.
그분이 낳지 않으면 나는 없는 것입니다.
내가 없는데 무슨 일들이 있겠으며
내 삶이, 내 운명이 어떻게 존재하겠습니까?
내가 나 되는 데는 그 남자가 나의 아버지로,
그 여자가 나의 어머니로 딱 맞아서 우주가 그렇게 한 일입니다.
이 사실을 받아들이고, 그 운명에 순종하고,
'예' 하고 살아야 한다는 것이지요.


아버지, 어머니가 되는 데 무슨 자격증이 있어야
하는 것은 아닙니다. 자격증은 사람 세상이 하는 일이고,
우주가 하는 일은 그렇지 않습니다.
남자면 누구나 아버지가 될 수 있고,
여자면 누구나 어머니가 될 수 있게 해놓았습니다.
내가 태어난 것은 어머니, 아버지가 사랑해서가 아니라

성관계를 통해서 태어난 것입니다.

그래서 성은 사랑보다 훨씬 힘이 크고 우선합니다.

사랑만 해서는 이 지구별에 종자들이 사라집니다.

이 지구별이 이렇게 풍성한 것은 다 성관계를 통해서

번식을 해왔기 때문입니다.


우리들은 부모님께 고개를 숙여야 합니다.

당신은 나를 낳으셨으니 나보다 크시다는 것,

또 그 어떤 경우에도 부모는 나보다 우선이라는 것을 인정하고,

고백하고, 고개 숙여 절을 해야 합니다.

그것이 우주의 질서에 따르는 일이고, 그 우주의 질서에

따르는 것이 내 영혼의 질서를 회복하는 일이 됩니다.

영혼의 질서를 따르는 사람은 하는 일도 다 잘되고,

건강한 삶을 누리게 됩니다. 그러지 않고

부모를 원망하는 사람은 갈수록 영혼이 작아지게 됩니다.


부모는 나를 낳으신 것만으로 다 하신 것입니다.

나머지는 나의 운명입니다.

그렇게 운명을 지고 가는 사람은

갈수록 영혼이 커집니다.

## 아버지, 아버지는 제게 충분했습니다

인생을 살면서 자기에게 가장 힘든 사람이 누구이겠습니까?
예, 그렇습니다. 가족입니다.
가족 중에서 누구요? 바람피우는 남편? 시어머니?
아버지입니다.
그래서 언젠가 그렇게 생각한 적도 있습니다.
인류의 평화를 파괴하는 주범이 아버지라고.

요즘은 아버지 생각이 많이 납니다.
나이가 먹어가면서 만나는 것이 아버지네요.
그때 우리 아버지가 얼마나 외로우셨을까?
그때 우리 아버지가 얼마나 속이 상하셨을까?
그때 우리 아버지가 얼마나 창피하셨을까?
그때 우리 아버지가 얼마나 실망하셨을까?
그때 우리 아버지가 얼마나 그것을 하고 싶으셨을까?
그때 우리 아버지가 얼마나 두려우셨을까?
아버지 고맙습니다.

아버지 미안합니다.

아버지 용서를 빕니다.

아버지 사랑합니다.

살아생전에 못했던 말들을 해보았습니다.


당신은 인류 평화 파괴의 주범이 아니라 삶에 시달리고 지친,

생존 경쟁에 패한 피해자라는 생각에 눈물이 납니다.

힘들면 힘들다고 말도 못하고 술과 화로밖에

표현 못 하시던 아버지, 눈도 마주치지 못한 채 그냥

밥만 드시던 아버지, 수줍은 데다 가난하기까지 해서

친구들에게 위세 한 번 부리지 못하신 아버지.


어머니와 싸우실 때 엄마 편만 들고 아버지 편이 되어주지 못해서

미안합니다. 높은 벼슬로 기대에 부응하지 못해서 죄송합니다.

아버지, 당신이 내 아버지인 것이 고맙습니다.

당신은 제게 충분하셨습니다.

저 잘살게요. 지켜봐 주시고 도와주세요.


아버지,

아버지,

아버지!

당신은 내게 충분합니다.


아파트 승강기에서 흔히 볼 수 있는 광경들이 있습니다.
여자들은 아주 쉽게 이야기를 나누고 금방 친해지는 데 반해
남자들은 슬쩍 인사를 할 뿐 서로 눈빛을, 얼굴을 보지 않습니다.
나이가 들수록 남자들은 친구가 점점 적어집니다.
여자들은 아닙니다. 나이가 들수록 친구가 많아집니다.
남자들은 나이가 먹을수록 외로워집니다. 그래서 남자가 여자보다
일찍 죽는 것이 아닐까 하는 생각도 해봅니다.
가족들도 그렇습니다.
거의가 다 엄마와는 친하게 지내는데 아버지와는 아닙니다.
재미있게 이야기를 하다가도 아버지가 나타나면 쉬쉬하고
자기 방으로 들어갑니다.


아버지와 대립각을 세우고 사는 아들,
서로 미워 죽겠다는 딸을 위한 치유 작업을 합니다.
한 아버지에게 묻습니다.
지금까지 살아오면서 세상에서 제일 인정받고 존경받고
싶은 사람이 있다면 누구입니까? 하고 묻습니다.
대체적으로 아버지는 자기 아들이라고 대답합니다.
어머니는 자기 딸들로부터 인정받고 존경받고

싶어 하는 것으로 나옵니다.

한 아버지가 고백합니다.
그래요, 아버님이 얼마나 나에게 존경을 받고 싶었겠어요.
그런데 난 그것도 모르고, 내 아들만 못마땅하게 생각하며 살았네요.
아버지 대역자 앞에 본인을 아들로 세웁니다. 그리고 돌아가신
아버지께 하고 싶은 고백을 눈을 보면서 하게 합니다.
그러고 나서 바로 자기 등 뒤에 서 있는 아들 대역자를
보게 합니다. 아들에게도 하고 싶은 말을 하게 합니다.
숨기고 눌러두었던 참말들이 터집니다.

아버지 미안합니다.
아니다, 아들아. 내가 잘못했다.

고맙습니다, 저 잘할게요.
아버지로서 제게 충분합니다.

얼싸안고 우리는 그렇게 그렇게 흐릅니다.
이런 치유와 회복의 영적 파장을 만나는 것,
엄청난 축복입니다.

## 무엇이 미안하고 부끄러운지를 모릅니다

시어머니로부터 갖은 욕을 다 듣습니다.

심지어 침 세례까지 당하는 수모를 겪습니다.

그러면서 내뱉은 말 중에 남는 말 하나가 있습니다.

내가 우리 아들 어떻게 키웠는데, 너 왜 내 아들 무시해?

선생질해서 돈 벌어 온다고 위세냐?


남편이 돈을 벌지 못하고 아내가 돈을 버는 경우가 있습니다.

이때 남편이 자기의 무능함을 탓하는 것이 아니라

아내가 자기를 무시하지 않을까 염려하거나,

부모가 자기 아들의 처지를 사실대로 인정하지 않은 채

며느리가 아들을 업신여기지 않을까 하는 마음에 아내를,

며느리를 구박하는 경우가 있습니다.

거기서 가정의 화목은 깨지고 맙니다.

이미 가족을 부양하는 사람은 엄연히 아내이고 며느리입니다.

그런데 이를 인정하지 않는 것은 거짓된 행위입니다.

그 집이 잘될 리 만무하지요. 이 며느리는 이제 시어머니를

보지 않습니다. 남편도 이미 마음에서 떠나보냈습니다.

돈을 번다는 것은 능력입니다. 경제적 독립이 진정한 독립의

시작입니다. 남자가 해야 하는 일 중의 첫째는 가족의 경제를

책임지는 것입니다. 그런데 자기가 그것을 못하고 있으면서

미안해하기는커녕 오히려 돈을 벌어오는 아내를 무시한다?

어디 이게 말이나 되는 이야기입니까?


정반대의 이야기가 있습니다. 한 시어머니의 이야기입니다.

아들이 어느 날 실직을 하더니 영 직장을 잡지 못합니다.

그러면서 자존심만 내세우고 아내를 때리기까지 합니다.

이 모습을 본 시어머니가 하루는 아들을 앉혀놓고

차근차근 일러줍니다.

너, 그러면 안 된다. 지금 네 자식들이 누구 덕에

학교 다니고 사냐? 너 누구 덕에 밥을 먹느냐? 다 네 아내 덕이다.

그러니 네가 살림을 하여라. 나도 도와줄 것이니

네 아내 편히 직장 생활을 하게 도와주어라.

그리고 며느리에게도 미안하다고 했답니다.

자기가 아들을 잘못 키운 것 같다고, 그러니 며느리인 네가

용서를 하라고, 나는 여자이니까 네 편이라고…….

시어머니는 현실을 그대로 받아들였습니다. 그래서 출근하는

며느리를 도와주고, 아침도 해주고, 아기도 봐주었습니다.

이처럼 능력 있는 아내, 며느리를 사실대로 인정하면 그 집안은
아주 화목합니다. 이렇게 인정해 주고 칭찬해 주면 아내나
며느리는 오히려 겸손해지고 시어머니와 남편에게 감사합니다.
사람들은 미안한데 무엇이 미안한지를 모릅니다.
용서를 빌어야 하는데 무엇을 잘못했는지를 모릅니다.
고마워해야 하는데 무엇이 고마운지를 모릅니다.
사랑하는데 사랑한다고 말을 못합니다.
'예' 해야 하는데 '아니요' 하거나 '글쎄요'라고 합니다.

우리가 이 세상에 와서 꼭 배워야 할 말이 있습니다.
삶에서 배워야 할 최고의 말은 다섯 가지입니다.

미안합니다.
용서해 주세요.
고맙습니다.
사랑합니다.
예.

이 다섯 가지 말은 막힌 인간관계를 여는 최고의 열쇠입니다.

## 아들을 며느리에게 보내지 않는 어머니가 있습니다

아들을 며느리에게 보내지 않고 붙잡아두는,
그것도 아주 교묘하게 붙잡아두려는 어머니들이 있습니다.

한 어머니는 아들의 골프 비용을 대줍니다.
아들이 학교 선생님이라서 골프를 마음대로 하기에는
돈이 턱없이 부족합니다.
15년 전이니 지금보다 훨씬 더했을 것입니다.
그래서 어머니에게 계속 의존하게 합니다.

결혼한 아들과 며느리를 독립 가정으로 세워주지 않고
내가 이 집 줄 테니 나가지 말고 나하고 살자며
계속 자기 옆에 붙잡아두려는 부모들이 있습니다.
뿐만이 아닙니다. 나가서 살다가 어렵게 된 이웃 이야기까지
끌어들입니다. 자기들이 부모님 모신 이야기를 하며,
어떻게 자식이 부모를 떼어놓고 나가느냐,
내가 너를 어떻게 키웠는데 하면서

양심의 질서에 어떻게든 묶어놓으려 합니다.

어른이 되어서도 부모를 떠나지 못하고 살거나
떠나보내지 않고 사는 것은 동물 가운데 인간밖에 없습니다.
3, 40년이나 부모와 자식이 함께 사는 동물은
세상 어디에도 없습니다.

성인이 되었는데도 엄마 방에서 자는 청년이 있습니다.
외국 유학까지 하고 박사학위를 받은 사람이
독립도 하지 못하고 여전히 부모님에게 손을 벌립니다.
그것이 얼마나 부끄럽고 창피한 것인지도 모릅니다.
오히려 부모 잘 만났다고, 가족이 우애 있다고 합니다.
부모와 자식이 모두 병든 것입니다.
역기능적 가정입니다.
서로가 사랑하는 것이 아니고 이용하고 있는 것입니다.

삶이 무엇이고 사람이 된다는 것은 무엇일까요?
부모가 자식에게 아무리 잘한다 해도 반쯤은 악마입니다.
부모들은 이것을 명심해야 합니다.
부모가 자식을 위해 잘해주는 것이 꼭 자식에게
도움이 되지는 않는다는 것입니다.

부모가 전지전능할 수는 없습니다. 이것을 인정하고, 배우고,
반성하고, 늘 스스로 내적 성찰을 해야겠습니다.

시인 칼릴 지브란도 그랬습니다.
자녀들에게 지식이나 생각을 주려고 하지 말고 사랑을 주라고요.
부모들이 준 생각 가지고는 자녀들이 세상을 살아갈 수가 없으니
사랑을 주라고 말입니다.
그래서 평생 배워가는 것이지요.

# 가족은 삶의 예술입니다

나를 알고 사는 것 같지만 그렇지 않습니다.

대개들 그냥 대충 살고 있습니다.

사람은 먹고 마시고 잠자는 그 이상입니다.

사람에게는 영혼이 있습니다.


가족도 마찬가지입니다.

먹고 마시고 잠자고 하는 생물학적인 생활이

가족 안에서 보장됩니다.

하지만 그것만으로 가족이 되지는 못합니다.

원시 사회에서의 가족은 그것으로 충분했을지 모르지만

지금 우리가 사는 지식 사회, 영성 시대에서의 가족은 아니지요.


영혼이 숨 쉬는 가족!

문화가 창달되는 가족!

가슴 뛰는 삶을 만나게 해주는 가족!

가족!

가족은 인류가 남긴 최고의 삶의 예술이 아닐까 합니다.
나라가 망해도 모든 이념이 사라지고 종교가 사라진다 해도
사람이 이 지구별에 남는 한 가족은 계속됩니다.
나는 가족입니다.
가족은 나입니다.
가족은 선물입니다.

# 가족 선언문

**01**    가족은 내 삶의 시작이자 완성임을 명심합니다.

**02**    가족은 외부인들로부터 부적절한 간섭을 받지 않도록
       서로서로 튼튼한 울타리가 되어야 합니다.

**03**    가족은 서로 몸과 영혼을 소중히 여기고 성을 존중합니다.

**04**    가족은 서로의 실수와 실패를 끝까지 받아들입니다.

**05**    가족은 서로의 욕구를 존중하고 자아실현을 위해서
       힘을 다해 함께 도와줍니다.

**06**    가족은 서로 책임 있는 말과 행동을 합니다.

**07**    가족은 서로 터놓고 진솔하게 이야기할 수 있는
       민주적 분위기를 만듭니다.

**08**    가족은 서로 자신감과 독립심을 갖도록 합니다.

**09**    가족은 서로 집안일을 분담해서 합니다.

**10**    가족은 질병이나 사고 시에 고통을 끝까지 나누어 가집니다.

**11**    가족은 혈통과 전통, 재산과 문화를 계승 발전시킵니다.

**12**    가족은 삶과 사랑을 배우고 가르치는, 신이 세운 학교임을
       명심합니다.

새우과 고래가 함께 숨쉬는 바다

## 가족은 선물입니다

지은이 | 장길섭
펴낸이 | 황인원
펴낸곳 | 도서출판 창해

신고번호 | 제2019-000317호

초판 인쇄 | 2021년 06월 18일
초판 발행 | 2020년 06월 25일

우편번호 | 04037
주소 | 서울특별시 마포구 양화로 59, 601호(서교동)
전화 | (02)322-3333(代)
팩시밀리 | (02)333-5678
E-mail | dachawon@daum.net

ISBN  979-11-91215-07-6  (03810)

값·16,000원

*Publishing Club Dachawon(多次元)*
창해·다차원북스·나마스테